Oscar Wilde

EL FANTASMA DE CANTERVILLE

Copyright © EDIMAT LIBROS, S. A.
C/ Primavera, 35
Polígono Industrial El Malvar
28500 Arganda del Rey
MADRID-ESPAÑA

ISBN: 84-9764-458-1
Depósito legal: M-23.371-2003

Colección: Clásicos de la literatura
Título: *El fantasma de Canterville*
Autor: Oscar Wilde
Traducción: Equipo editorial
Título original: *The Canterville Ghost*
Estudio preliminar: Carmelo Sánchez Castro

Diseño de cubierta: Juan Manuel Domínguez
Impreso en: COFÁS

IMPRESO EN ESPAÑA – *PRINTED IN SPAIN*

OSCAR WILDE

EL FANTASMA DE CANTERVILLE

Por Carmelo Sánchez Castro

Oscar Fingal O´Flahertie Wills Wilde nació en Dublín el 16 de octubre de 1854. Su padre, sir William Wills Wilde (1815-1876), era un notable y afamado médico especialista en oftalmología y otorrinolaringología. Se cuenta de él que había logrado solucionar el estrabismo de una princesa británica a la que ningún otro cirujano se había atrevido a operar, sin embargo, cuando intentó la misma operación en el padre de George Bernard Shaw sólo consiguió dejarle bizco en la otra dirección. Sir William era un mujeriego incorregible, se sabe que tuvo varios hijos ilegítimos y multitud de aventuras femeninas, una de las cuales le llevó a juicio en 1865 por intento de violación. El proceso se resolvió a favor de William Wilde, quedando claro que dicha acusación había sido producto de la ira de una amante desdeñada. Pero, a pesar de su inocencia, había quedado desenmascarado ante su mujer y ante la opinión pública. Pese a este deshonroso suceso, su mujer no le abandonó y se mantuvo junto a él hasta su muerte. La madre de Oscar Wilde poseía una arrolladora y fuerte personalidad; amante de los libros y de la belleza, acogía en su casa a artistas, académicos, escritores y a todo aquel que tuviera algo interesante que decir, con el fin exclusivo de disfrutar de una exquisita conversación. Lady Wilde era una mujer muy alta y un poco estrafalaria, recibía siempre a sus visitas muy maquillada y con las cortinas echadas, incluso en pleno día. Oscar se parecía a su madre, tanto físicamente (estatura y maneras), como espiritualmente y a lo largo de toda su vida mantuvo un vínculo muy especial con ella. En *La importancia de llamarse Ernesto*, Wilde manifestó que todas las mujeres acaban pareciéndose a sus madres. Ésta es su tragedia. Los hombres no lo hacen. Viven la de ellas.

El matrimonio tuvo tres hijos, que igualaban en número a los nacidos fuera del matrimonio por parte paterna. William Charles Kingsbury Wills nació en 1852 y Oscar Fingal O'Flahertie Wills apenas dos años más tarde. Exceptuando el nombre de Wills, que era uno de los nombres del padre, el resto pertenecen a personajes heroicos del mundo céltico. Seguramente se le llamó de esta manera tan ostentosa por influencia de lady Wilde, de soltera Jane Francesca Elgee, que había sido una activa patriota irlandesa antes de su matrimonio y había escrito apasionados panfletos por la libertad de Irlanda. El 2 de abril de 1857 nació el tercer hijo, una niña, Isola Francesca, que murió con nueve años a causa de unas fiebres, hecho que sumió en la más absoluta tristeza al pequeño Wilde, que contaba apenas con doce años. Años más tarde le escribiría el poema *Requiescat*, en cual expresaba su melancolía por aquella prematura pérdida:

*Camina suavemente, ella se acerca
bajo la nieve,
habla quedo, ella puede
oír crecer las margaritas.*

*Su cabellera dorada
ha perdido el esplendor,*

aquella joven tan bella
fenece sin remisión.

¡Paz! ¡Oh Paz! Ya no oye
ni la lira ni el soneto,
toda mi vida está aquí,
que la sepulten con ella.

Cuando su hermana murió, Oscar no se encontraba en el domicilio familiar, puesto que su hermano y él habían sido enviados ese mismo año a un colegio privado lejos de su familia. En este colegio, Wilde empezaría ya a destacar por su sensibilidad y su pasión por la lectura, inclinándose especialmente por el mundo antiguo: «Tenía casi dieciséis años cuando la maravillosa belleza de la antigua Grecia empezó a conmoverme... empecé a leer en griego apasionadamente y cuanto más leía más entusiasmado estaba.»

Oscar tenía gran facilidad para traducir obras del griego y del latín; en 1870 ganó el premio Carpenter de griego y en 1871 fue uno de los tres alumnos que recibió una beca para ir al Trinity College de Dublín, que era la universidad protestante más importante de Irlanda. Wilde conocio a sir John Pentland Mahaffy, profesor de Historia Antigua y notable helenista y que influyó en gran manera en el joven Oscar. Mahaffy no sólo consolidará y aumentará el gusto de Wilde por el mundo clásico griego, sino que le enseñará que Grecia no es un cadáver de la historia que hay que examinar como tal, Grecia no es el pasado, sino un ideal vivo. Wilde se empapó de este pensamiento y durante toda su vida amó y vivió conforme a él. En 1874, gracias a una beca que le fue concedida por sus excelentes calificaciones en lenguas clásicas, abandonó el Trinity College para ir a estudiar a Oxford. Cuando Oscar Wilde llega a Oxford ya ha cumplido veinte años, es un apasionado del mundo antiguo y del culto a la palabra y posee una cierta inclinación por la estética de los *dandies*. En este período de su vida Oscar Fingal O'Flahertie Wills empezará a vivir como Oscar Wilde.

Oxford era, en ese momento, el centro cultural de Inglaterra, espacio abierto al debate de las nuevas tendencias estéticas, al cultivo de las letras, al estudio y a la práctica del deporte (práctica que no era del agrado de Wilde, a él más bien le gustaba observar a los atletas).

Es en Oxford donde conoce a John Ruskin, patriarca del socialismo estético, y a Walter Pater, defensor extremo del arte por el arte, ambos representantes de las dos más importantes corrientes estético-creadoras de la Inglaterra de fin de siglo. Tanto Ruskin como Pater influirán en gran manera en nuestro joven escritor, tanto que, durante un período de tiempo después de su marcha de Oxford, Wilde se limitaría a repetir sus doctrinas sin apenas aportar nada nuevo. John Ruskin era un moralista con ideas sociales de fuerte raíz cristiana, que defendía la búsqueda de un arte nuevo alejado del academicismo, un nuevo arte que tenía como base una concepción de la belleza ético-socializante. Ruskin rechazaba los intereses y la imperante forma de vida de la pujante burguesía y propugnaba una especie de revolución social a través de la belleza, que eleva y dignifica el alma de aquel que la contempla. El fin del arte es la belleza, y el fin de la belleza es el mejoramiento ético del hombre. Ruskin terminaba de esta forma una conferencia dada en 1853 en Edimburgo:

«El mejor patronato del arte no es aquel que busca placeres del sentido en una idealidad vaga, ni en la forma bella de una imagen de mármol, sino el que educa a vuestros hijos para héroes, sujeta los vuelos del corazón, con la práctica del deber y la devoción.»

Las conferencias y la lectura de los libros de Ruskin, escritos con un estilo muy cuidado y buscando la belleza de la palabra en todo momento, proporcionó a Wilde el primer pilar de su gusto estético y aunque él defendiera el arte como fin en sí mismo, con Ruskin aprendió que el arte también podía ser utilizado como vehículo de justicia, de compasión y de crítica social y esta influencia se puede observar en algunas de sus primeras obras y se puede seguir el rastro de esta idea, quizá de forma menos clara, en otras obras posteriores. Porque Oscar Wilde a pesar de su extremo *snobismo* y de su deseo ardiente de pertenecer y tratar con la élite, siempre estuvo al lado de los marginados.

Frente al esteticismo socializante de John Ruskin se encontraba el patriarca del decadentismo simbolista inglés, del que Oscar llegaría a ser principal figura, Walter Pater.

Éste defendía una teoría estética de las sensaciones orientada a la búsqueda de la felicidad. En su tesis sostiene la heraclítea idea de que todo pasa y nada permanece, y la vida está compuesta de infinidad de sensaciones fugaces que se desvanecen rápidamente al igual que el hombre, que se sabe limitado y seguro de su muerte. La felicidad consiste, pues, en atrapar el mayor número de esas sensaciones, y mejor cuanto más bellas sean. Toda manifestación artística nos ayuda a captar y disfrutar más intensamente esos momentos efímeros. Debemos ser apasionados en todo momento, dejarnos arder en la inmediatez y en la belleza de las sensaciones. Experimentar a cada instante la emoción intensa de quien ve por primera vez una estrella fugaz. La belleza es el sumo motivo, una belleza que se justifica a sí misma, una belleza que es vida y arte y a la cual se le sacrifica todo lo demás. Todo esto, llevado a su máximo extremo, llegará a ser Wilde, éxtasis del momento, intensidad en el vivir, un buscarse en lo pagano y un disfrutar de los pecados exquisitos. Pater no hizo otra cosa que llevar a la teoría lo que Oscar ya llevaba dentro de su alma, el esteta, el dandi, el pagano, el decadente. Posturas que fueron tomando fuerza, también, gracias al contacto con la más moderna poesía y literatura europea: Gautier, Baudelaire, los simbolistas...

Oscar permaneció en Oxford desde finales de 1874 hasta el verano de 1878, y en ese período logró ser una persona bastante conocida, dentro del marco universitario, por sus pintorescos gustos. Sus habitaciones fueron profusamente decoradas con bellos objetos y alfombras, y según parece tenía los techos pintados de azul celeste. En ellas recibía a sus amigos para hablar de arte, literatura, música y todo aquello que participara de la belleza. Wilde publicó en diferentes revistas algunos poemas sin relevancia artística, pero en los que ya se pergeñaban sus inclinaciones estéticas y en algunos, incluso, sus inclinaciones sexuales que no podemos desligar de las primeras:

«Un rubio y esbelto muchacho que no está hecho para el dolor de este mundo

con una dorada cabellera que cae en olas en torno a sus orejas

y ardientes ojos semivelados por deliciosas lágrimas.»

En 1876 murió su padre, dejándole una pequeña herencia que empleó para realizar el viaje de sus sueños, ir a Grecia. Después de haber estado en Italia en 1875 y haberse quedado prendando por la belleza de sus ciudades y por la pompa que rodea al catolicismo, a Oscar sólo le restaba viajar al origen, llevar a cabo el reencuentro y el reconocimiento de lo que él ya era. Allí se reafirmó en la belleza como máximo ideal, en el placer terreno como plenitud del ser humano, en la necesidad de instaurar de nuevo el paganismo. Como él lo llamaría, la necesidad de un nuevo hedonismo.

«Recuerdo que en mis días de Oxford le dije a un amigo... que quería comer de la fruta de todos los árboles del jardín del mundo y que me disponía a lanzarme a él con esa pasión de mi alma. En efecto, lo hice, me lancé y viví.»

Oscar terminó sus estudios con éxito en 1878, habiendo ganado el mismo año el premio Newdigate de poesía por su poema *Ravena*, y se trasladó a Londres, donde se habían instalado su madre y su hermano después de la muerte de su padre. Wilde pretendía ganarse la vida como poeta, ya que la escasa herencia de su padre había prácticamente desaparecido y necesitaba dinero con urgencia. Por ello decidió entrar en contacto con la gran esfera de la sociedad, que por un lado podría proporcionarle buenos contactos y dinero, y por otro, lograría ver así cumplido su deseo de tratar con gente exquisita y culta. Oscar enviaba poemas a las actrices de teatro más conocidas, alabando sus cualidades y belleza, para intentar introducirse en este mundo. Entre las actrices más famosas y bellas de la época se encontraba Lily Langtry a la que Oscar consiguió conocer y cautivar, debido a los encantos y al ingenio que él desbordaba. El siguiente fragmento pertenece a una carta que la bella actriz dirigió a Oscar Wilde:

«Por supuesto estoy deseosa de aprender más latín... pero no podré ver a mi amable tutor antes del jueves. Ven a verme a eso de las seis, si puedes. He pasado por Salisbury Street, pero hacía una hora que te habías marchado. Quería preguntarte cómo tenía que vestirme para el baile de disfraces, pero ya he elegido un suave vestido negro con una orla de estrellas y lunas plateadas, y llevaré diamantes en el pelo y alrededor de mi garganta. Lo he llamado "reina de la noche" y me lo he hecho yo misma.»

Oscar conoció en 1880 al pintor James Abbott McNeill Whistler, hombre famoso dentro de los círculos artísticos y de la alta sociedad, de notable ingenio e impecable *dandismo*. Whistler vio un discípulo en el joven Wilde por las formas que apuntaba y su también notable ingenio. Esto sirvió a nuestro esteta para acceder a nuevos ambientes de su gusto. Por esta fechas empezó a utilizar lo que él llamaba el traje estético, que se componía de chaqueta de terciopelo, camisa sin almidonar de cuello ancho, medias altas de seda negra y una corbata, de un sólo color o de varios, muy llamativa. Normalmente acompañaba a su extraña vestimenta con un lirio o un girasol en el ojal, y si este último era muy grande lo llevaba en la mano. Oscar poseía la capacidad de personalizar todo aquello que le gustaba, hacía propias posturas estéticas o corrientes de pensamiento ya existentes, haciéndolas pasar por el tamiz de su peculiar gusto e ingenio. Así pues, con su traje estético y sus ademanes, personalizará la actitud del dandi-esteta, con una actitud totalmente egocéntrica, utilizando a los demás como público de su arte, que hasta ahora sólo se había mostrado en la forma de conducir su vida, pero en ninguna efectiva obra de arte, aunque como veremos es muy difícil o tal vez imposible diferenciar su obra artística de su propia vida, porque para él no existía tal escisión. Wilde comienza a tener una ajetreada vida social, es invitado a reuniones sociales y artísticas, y a la gente le encanta escuchar sus opiniones en materia estética, opiniones que, como anteriormente hemos dicho, no son estrictamente suyas, pero él las expresa de tal modo que parece ser el padre de todas ellas. Oscar Wilde va componiendo una obra literaria que no llega a materializarse por escrito, se limita a dar perfección a la palabra hablada y a extender su imagen de principal portavoz de la rebelión estética. En 1881 Oscar había conseguido ser un personaje muy popular, e insisto no gracias a su genio literario, pero sí a su genio artístico, esto es, a la manera en que actuaba, porque para Wilde, la vida no era más que eso: actuación, máscara, engaño, arte.

En junio de 1881 salió a la luz su primer libro de poemas, compendio de lo escrito en Oxford. La tirada fue pequeña y se vendió bien, no por su calidad, sino por su creciente fama social. La crítica en general lo acogió con frialdad y en la revista *Athenaeum* se dijo, no sin cierta razón:

«Cuando se agote su popularidad escandalosa, las poesías de Mr. Wilde, a pesar de cierta gracia y belleza, sólo se encontrarán en las estanterías de los que buscan curiosidades en literatura.»

En esa misma época, Oscar había finalizado su primer drama, *Vera o los nihilistas*, dedicado a la atriz Ellen Terry, Esta obra teatral no pudo ser estrenada hasta tres años más tarde en Nueva York, ya que la novela trataba de un problema sentimental entre anarquistas rusos y la familia real inglesa estaba emparentada con la zarina rusa cuyo marido había sido asesinado por un nihilista ruso. Wilde no lograba consolidar su genio como escritor y el dinero empezaba a ser un serio problema, por ello al recibir la invitación de viajar a los Estados Unidos para dar un ciclo de conferencias sobre el Renacimiento estético inglés, decidió aceptar. Cuando Wilde llegó a Estados Unidos no podía imaginarse el éxito que iba a tener. Su figura fue alabada por todos los sitios por donde pasaba, se le trataba como a un dios. Oscar escribió a un amigo en Inglaterra:

«Estoy haciendo una especie de marcha triunfal, vivo como un joven sibarita y viajo como un joven dios.»

A pesar de que en Estados Unidos contactó con muchas personas importantes y alcanzó una gran popularidad, a Oscar no le interesaba en absoluto este país y en enero de 1883 regresó a Londres y partió de inmediato a París, donde decidió instalarse con el dinero ganado en América y continuar trabajando como artista. En la capital francesa, Wilde se dio cuenta de que algo había cambiado en él y de que no podía continuar siendo sólo una imagen, necesitaba un complemento artístico, la consolidación de su obra literaria. Abandonó el traje estético, que tanto había contribuido a su popularidad, por un nuevo corte de pelo inspirado en un busto

13

de Nerón que había visto en el Louvre, y por un ostentoso bastón de marfil con puño de turquesas. Wilde estuvo en París hasta finales de mayo, esto es, hasta que el dinero ganado en Estados Unidos se le acabó. Su estancia en esta ciudad fue muy provechosa, a pesar de su brevedad. Había conocido a Victor Hugo, a Verlaine, a Mallarme, a Zola, a Daudet, al pintor Degas y a Robert Sherard, que acabaría siendo su primer biógrafo; y había escrito en este tiempo una obra que le había encargado una actriz norteamericana y por la cual le había adelantado una buena suma de dinero. Concluida la obra, *La duquesa de Padua*, Oscar se la envió a la actriz y ésta la rechazó a pesar del dinero que le había anticipado por ella. Wilde no terminaba de ser él mismo, *La duquesa de Padua* era un drama de débil construcción y carente de personalidad. Oscar vuelve a Londres y durante un tiempo vuelve a su antigua y fatigosa vida social, pero necesita dinero. Al final optará por la labor periodística y no le resultará difícil trabajar para las mejores revistas del país. Nuestro esteta se ha convertido en un aplicado trabajador, período que se alargará durante unos años por su condición de hombre casado. En noviembre de 1883 se comprometió con Constance Mary Lloyd y la boda se celebró en mayo de 1884. Un año después nacería su primer hijo y diecisiete meses más tarde, el segundo. Durante todo este tiempo Oscar se mostró como un gran padre de familia, totalmente entregado a su mujer e hijos y a su trabajo como periodista. Fue éste el período más estable en la vida de Oscar, período que duraría tan sólo unos años. Wilde conoce a Robert Ross en 1886 y con él vuelve a avivarse el deseo por los jóvenes; Robert tan sólo contaba con diecisiete años en su primer encuentro. Wilde empieza a notar poco a poco la rutina que el matrimonio le supone y comienza a dejar con frecuencia sola a su mujer. Hacia 1889 el vínculo familiar apenas existe para nuestro autor. Robert Ross estuvo presente a lo largo de toda su vida, primero fue amigo, luego amante y de nuevo, amigo. Oscar empezó a despertar del letargo al que le había sometido el matrimonio y volvió a sus máscaras y a la recreación artística de su vida, pero esta vez con la diferencia de poder plasmar su talento en el papel, y es a partir de ahora cuando va a empezar a construir su leyenda. En 1888 se publica «Pluma, lápiz y veneno», el primero de los cuatro ensayos que compondrán el libro *Intenciones*. En esta obra se esboza la primera teoría wildeana sobre el decadentismo como modo más sublime del artista. Se alaba el temperamento artístico donde predomina la extrema sensibilidad unida a una cierta corrupción del alma y donde belleza y muerte mantienen una íntima relación. En esta obra también se nos habla de la importancia de la máscara, donde la ficción se impone a la realidad superándola. En ese mismo año aparece su primer libro de cuentos, *El Príncipe Feliz y otros cuentos*. Por fin Oscar ve cómo su fama como escritor se va consolidando, igualándose a la de su persona.

Desde hacía ya años, Oscar venía tratando con artistas y poetas más jóvenes que él, que de alguna manera le admiraban y compartían sus intereses estéticos, algunos de ellos se convirtieron en amantes fugaces y otros permanecieron en el terreno platónico. Al final de la década de los ochenta no sólo alternará con la élite, descubre también el mundo sórdido de los barrios bajos, contacta, a menudo, con muchachos pobres que se prostituyen por dinero, con el chulito guapo que se puede llevar a discretos y elegantes burdeles. Wilde, por una parte, se codea con lo más selecto de la sociedad y de los ambientes artísticos y por otro lado alterna con lo más bajo y oscuro, con esos muchachitos jóvenes y bellos que nada tienen que ver con el arte o la literatura y sí mucho con el dinero. Una doble vida que le permite hacer de su existencia una creación artística, según su propia concepción del arte y de la belleza, basada en el éxtasis de la ruptura, en la plenitud de los sentidos, en lo sublime del límite, en el lado exquisito del pecado y en el juego de la máscara.

En 1891 se publica en forma de novela, puesto que antes habían sido publicados algunos capítulos en una revista mensual de literatura que se editaba en Inglaterra y en Estados Unidos, *El retrato de Dorian Gray*, que trajo consigo el afianzamiento en la cumbre del éxito de Wilde como escritor. A partir de ahora, sus libros se sucederán, volverá a escribir teatro, y esta vez se estrenarán sus obras, con gran éxito de público y crítica, ganará mucho dinero que gastará sin medida, transgredirá las normas de la puritana sociedad y alardeará de ello. Se siente el rey de la existencia y ello le lleva a perder un poco el control sobre su vida, quizá de forma intencionada, buscando en el placer transgresor su ineludible final, la tragedia. Wilde se sabe amado, odiado, admirado, criticado, envidiado y autor de su vida, que es su más perfecta obra. Después de la publicación de *El retrato de Dorian Gray* se marchó dos meses a París donde conoció a André Gide, quien recordaba:

«Fue en el 91 cuando coincidí con él por primera vez. Wilde poseía entonces lo que Thackeray llama "el don fundamental de los grandes hombres": el éxito. Su ademán, su mirada exultaban. Su éxito era tan seguro que parecía preceder a Wilde y que éste no tenía sino que ir avanzando tras él. [...] Unos lo comparaban con un Baco asiático; otros a algún emperador romano; y otros aun al mismo Apolo... y la verdad es que resplandecía.

Oí hablar de él en casa de Mallarmé: lo pintaban como un conversador brillante, y yo deseaba conocerlo.»

Y cuando Gide conoció finalmente a Wilde éstas fueron sus impresiones:

«Wilde no conversaba: contaba... Contaba despacio, lentamente; su misma voz era maravillosa. Hablaba admirablemente el francés... Los cuentos que aquella noche nos narró interminablemente eran confusos y no de los mejores de entre los suyos... De su sabiduría o bien de su locura jamás ofrecía sino aquello que él suponía podía gustar al oyente; servía a cada cual el pienso, según su apetito; los que nada esperaban de él, nada obtenían, salvo un poco de espuma ligera... Ante los demás, Wilde mostraba una máscara de engaño, hecha para asombrar, divertir o, a veces, para exasperar. Jamás escuchaba y apenas prestaba atención a un pensamiento que no fuera suyo.»

En París, además de hacer perder la cabeza a unos cuantos jovencitos, Wilde estuvo trabajando en su propia versión de la historia de *Salomé*, que redactó en francés. Sin lugar a dudas, éste es su relato más decadente. Los personajes simbolizan las pasiones ocultas y la morbosidad de lo prohibido. El texto es enormemente poético y ambiguo. La pasión es tratada como máxima expresión de la vida, pasión que busca el abismo. El deseo, la belleza carnal y el triunfo del artificio vertebran esta magnífica obra, que al igual que *El retrato de Dorian Gray* suscitará una gran polémica, llegándose, incluso, a prohibir su estreno, con el pretexto de que en la obra, de corte inmoral, aparecían personajes bíblicos. *Salomé* no pudo estrenarse hasta 1896, en París, fecha en la cual Oscar se encontraba en la cárcel.

El 20 de febrero de 1892 estrenó *El abanico de Lady Windermere*, la primera de sus cuatro comedias, que fue un éxito rotundo. Se cuenta que al final de la primera representación, Wilde, aclamado por los espectadores, salió al escenario y dijo:

«Damas y caballeros: celebro mucho que les haya gustado mi obra y los felicito por ese buen gusto. Estoy seguro de que aprecian ustedes sus méritos casi tanto como yo mismo. Realmente me he divertido esta noche una enormidad.»

Ese mismo año escribió la segunda de sus comedias, *Una mujer sin importancia*, que se estrenaría un año más tarde. Esta obra es, posiblemente, la menos atractiva de las cuatro comedias, por sus grandes concesiones al gusto y a la moral imperante. Normalmente, en sus comedias Wilde incorpora de forma magistral elementos de alta comedia, para agrado del público burgués, junto a uno o dos personajes subversivos que suponen el contrapunto a ese gusto por lo correcto. Y todo ello llevado con unos diálogos muy ricos en ingenio e ironía.

Oscar había conocido en 1891, a través de un buen amigo, a lord Alfred Bruce Douglas, joven de belleza incomparable, sensible, poeta, despótico hasta la crueldad y además perteneciente a una antigua familia aristocrática, lo que hacía de él el objeto de deseo perfecto para Wilde. La pasión de nuestro autor por Douglas fue absoluta e inmediata, la de éste estaba mediatizada por lo que significaba la figura de Wilde. Es la historia de una pasión en la que Oscar amaba (sin abandonar nunca su modo de vida y frecuentando siempre a otros jóvenes) y lord Alfred se dejaba querer. Los dos despilfarraban su dinero en fiestas y lujos superfluos. A finales de 1894 la doble vida que llevaba Wilde era de dominio público, él tampoco había tratado de ocultarlo, y el ambiente en torno a su relación con Douglas se iba enrareciendo. El padre de lord Alfred, el marqués de Queensberry, había amenazado a Oscar con el fin de que finalizara la relación con su joven hijo. Y así, en medio de esta atmósfera tan densa, cargada de pésimos presagios, Wilde –que terminaba de concluir su última comedia, *La importancia de llamarse Ernesto*– estaba sumergido en una especie de frenesí dionisíaco, que barruntaba tragedia. Douglas y Wilde decidieron emprender un viaje hacia Argelia, con el objetivo de alejarse un poco de la presión a la que la sociedad les sometía. En este país Oscar se encontró casualmente con Gide, quien dejó testimonio de una de sus conversaciones:

«W.– ¡No a la dicha! ¡Sobre todo, no a la dicha! ¡El placer! Es preciso desear siempre lo más trágico...

Caminaba sólo por las calles de Argel precedido, escoltado, seguido, por una extraordinaria cuadrilla de merodeadores, hablaba con todos ellos; a todos los miraba con gozo, y les arrojaba su dinero al azar.

–Espero –me decía– haber corrompido bien esta ciudad.

Yo pensaba en las palabras de Flaubert, quien cuando le preguntaban qué clase de gloria ambicionaba más, respondía:

–La del corruptor.

Ante todo esto, yo permanecía lleno de asombro, de admiración y de temor. Sabía lo comprometido de la situación, las hostilidades, los ataques, y qué sombría inquietud ocultaba bajo su audaz alegría. Hablaba de regresar a Londres; el marqués de Q... le insultaba, le reclamaba, le acusaba de huir.

–Pero si vuelve usted, ¿qué sucederá?– le preguntaba yo–. ¿Sabe usted a lo que se expone?

–Jamás es preciso saberlo... Mis amigos me son extraordinarios, me aconsejan prudencia. ¡Prudencia! Pero, ¿puedo tenerla? Sería retroceder. Es preciso que vaya lo más lejos posible... Ya no puedo ir más lejos... Es preciso que suceda algo... algo distinto...

Wilde se embarcó al día siguiente. El resto de la historia es conocido. Ese "algo distinto" fueron los *hard labour*.»

Y así fue que Oscar llegó a Londres y el 8 de febrero de 1895 recibió una tarjeta de lord Queensberry en la que se podía leer el siguiente mensaje: «A Oscar Wilde, que alardea de sodomita». Ante tal ofensa Wilde presentó una denuncia por difamación contra el marqués. Se celebró el proceso contra lord Queensberry y éste fue absuelto. Oscar se vio obligado a pagar los costes del juicio y temiendo la posibilidad de que la acusación se volviera contra él si se demostraba que estaban justificados los insultos del marqués. Durante el proceso la opinión pública se había vuelto contra Wilde, apoyando a lord Queensberry. El marqués abandonó la sala del juicio entre vítores y Oscar entre injurias. Esa misma tarde fue detenido, acusado de cometer actos que atentaban contra la decencia. Desde el 26 de abril hasta el 24 de marzo de1895 se llevaron a cabo dos procesos contra Oscar Wilde, que ya había sido juzgado de antemano por la gente. En el primer juicio, el jurado no se puso de acuerdo sobre la inocencia del escritor, que se encontraba ya en un estado anímico lamentable. Oscar consigue la libertad condicional bajo fianza, dinero que pide prestado a sus amigos más cercanos. Aprovechando esta libertad, sus amigos le piden que huya de Inglaterra y que se refugie en Francia. Oscar Wilde se resiste a abandonar su país y está dispuesto a llegar hasta el final. El segundo y definitivo proceso comenzó el 20 de mayo y terminó el 24 de mayo con un veredicto de culpabilidad contra Wilde. En definitiva, Oscar Wilde fue condenado a dos años de prisión por homosexual y por haberse atrevido a vivir su vida conforme a sus deseos. En un momento del primer proceso, nuestro escritor contestaba de la siguiente manera a la pregunta del fiscal que rezaba:

«¿Cuál es el amor que no se atreve a decir su nombre?»

Y Oscar respondió:

«El amor que no se atreve a pronunciar su nombre en este siglo es el gran afecto que un hombre mayor siente por uno más joven, como era el caso entre David y Jonathan, como aquél en que se basó Platón para edificar su pensamiento filosófico y como se puede encontrar en los sonetos de Miguel Ángel o de Shakespeare. Es el afecto profundo y espiritual, tan puro como perfecto... que tan erróneamente se comprende en nuestros días, tan mal interpretado que podría describirse como "el Amor que no se atreve a pronunciar su nombre", y en nombre del cual me encuentro ahora en esta situación. Es hermoso, es bello, es la forma de afecto más noble, perfectamente natural. Es intelectual y frecuentemente se da entre jóvenes y hombres mayores, cuando estos últimos poseen un intelecto y los otros poseen la alegría, la esperanza y el atractivo de toda una vida ante sí. Por eso el mundo no lo comprende y se burla, e incluso a veces llega a poner a alguien en la picota.»

Tras la condena, los teatros que representaban obras suyas –en ese momento tenía hasta tres diferentes en cartel– las retiraron por miedo a las iras reaccionarias. Ello hizo que las deudas de Wilde, que ya eran considerables, se agravasen aún más. Oscar Wilde pasó de estar en la cumbre a ser un hombre arruinado e insultado. Empezó a cumplir su condena en la cárcel de Pentoville, después en la de Wandworth y por último será trasladado a la prisión de Reading. Wilde llevará una vida de dolor y de vejación, se le mantendrá prácticamente incomunicado y sólo en los últimos meses de cautiverio se le proporcionarán libros y material para escribir. Oscar recibe en la cárcel la dolorosa noticia de la muerte de su queridísima madre con la que siempre mantuvo una estrecha relación. Sólo la noticia de que su obra *Salomé* se había estrenado con gran éxito en París, fue motivo de alegría en ese devastador período de su encarcelamiento. A principios de 1897, todavía en la prisión, escribe *De Profundis*. Se trata de una extensa carta a Douglas en la cual reflexiona sobre su trayectoria vital e inaugura una nueva estética nacida del dolor. *De Profundis* es un meditado recorrido por la conciencia, a la vez que una revisión estética de su propia vida como escena que ya ha alcanzado la presentida tragedia. Tragedia que él, ahora, siente como experiencia necesaria para completarse en su obra, para alcanzarse en su perfección.

En mayo de 1897 Oscar Wilde abandona definitivamente la cárcel. Su buen amigo Robert Ross y otro gran amigo le estaban esperando. Le proporcionaron ropa nueva y un pasaje para que abandonara Inglaterra y se trasladase ese mismo día a Francia. Oscar se instaló en un pueblecito costero en el norte de ese país. Se alojaba en un hotel bajo el nombre de Sebastián Melmoth. Pero no sólo había cambiado en él el nombre, él mismo ya no era el actor sublime, preparado siempre para entrar en escena. Se hallaba totalmente hundido, incapaz de superar todo el sufrimiento que había padecido en prisión. Solo y pobre llegó incluso a pensar en el suicidio. En el siguiente fragmento de una carta que dirigió a Gide en el invierno de 1898 podemos apreciar el estado lamentable en el que se encontraba:

«Sin embargo, en el momento presente estoy muy triste... no he recibido nada de mi editor de Londres, que me debe dinero: y estoy en la miseria absoluta...

Ya ve usted cómo la tragedia de mi vida se ha vuelto innoble... el sufrimiento es posible, es quizá, necesario; pero la pobreza, la miseria... eso es terrible. Eso ensucia el alma de un hombre...»

A pesar de sus escasos medios económicos, Wilde se las ingeniará para realizar unos cuantos viajes. En mayo de 1898 se instala en París en un modesto hotel situado en la orilla izquierda del Sena. Aquí vivirá hasta su muerte, el 30 de noviembre de 1900. A su funeral acudieron muy pocas personas, su última actuación se convirtió en una escena triste y apenas sin público.

El fantasma de Canterville

Wilde, además de ilustre comediógrafo, fue un excelente narrador. Prueba de ello son estos seis cuentos seleccionados que pasan por ser los más famosos de su autor. Pocas veces se ha conseguido una prosa más impecable, una mezcla tan exquisita de humor, ironía, sentimentalismo, sentido dramático y emoción contenida.

El fantasma de Canterville es quizá el más conocido de estos relatos cortos. El autor describe el contraste entre el carácter práctico, realista y seguro de sí mismo del norteamericano y la impresionabilidad, el temperamento asustadizo y la imaginación ingleses. Un rico americano compra un antiguo castillo en Inglaterra y allí se instala con su esposa y sus cuatro hijos. La ilustre mansión está habitada por el tradicional y consabido fantasma, el cual ha sembrado el terror entre los moradores desde hace cientos de años. Sin embargo, todos los recursos terroríficos del fantasma se estrellan contra el sentido utilitario de la nueva señora de la casa y contra las diabluras de sus dos hijos menores, un par de traviesos gemelos que gastan multitud de bromas al pobre espectro. El relato está sembrado de pinceladas de humor inolvidables. Al final, la intervención de la hija de la familia proporciona al atribulado fantasma un eterno descanso.

En *El cumpleaños de una infanta* Wilde evoca el ambiente de la corte real española en una época imprecisa que podría corresponder a los últimos Austrias. El cuento resalta, en este caso, el contraste entre el carácter caprichoso e insensible de la infantita y la personalidad de un grotesco pero bondadoso y tierno enano que acude a animar con sus bailes la fiesta de cumpleaños de la ilustre damita. El monstruoso enano vive el eterno drama del individuo con un gran corazón encerrado en un cuerpo ridículo que inspira risa. El cuento finaliza con la muerte del desdichado personaje ante la actitud impasible de la inconsciente infanta.

Un carácter más legendario y mágico reviste *El pescador y su alma*. Su tema gira en torno a un joven pescador enamorado de una seductora sirenita, por la que está dispuesto a deshacerse de su alma, condición indispensable para consumar su unión. El pescador recurre a un sacerdote, a unos mercaderes y a una bruja para que le ayuden a conseguir su objetivo. Separada del cuerpo del pescador y sin su corazón —pues éste se ha negado a entregárselo para poder amar con él a la sirenita—, el alma emprende largos viajes a lejanas tierras durante tres años consecutivos. A su regreso, cuenta sus aventuras a su antiguo propietario. Al final el pescador se siente esclavo de su alma, un alma que, al no tener corazón, se muestra despiadada y cruel. La muerte del enamorado, víctima de su amor por la sirenita, pone punto final a la narración.

El Príncipe Feliz es uno de los relatos más breves, pero quizá también el más entrañable. En este caso Wilde resalta igualmente la contraposición entre el mundo materialista, engreído e inimaginativo de los concejales y profesores de una ciudad y la actitud generosa y sensible de la estatua de un príncipe y de una golondrina. El príncipe insta a la golondrina para que vaya desprendiendo poco a poco los ricos atavíos que adornan su estatua y lleve su oro y pedrería a los necesitados de la ciudad. Entregada a semejante labor, la golondrina retrasa su emigración a Egipto donde había de pasar el invierno y termina muriendo de frío. A su vez, la estatua del Príncipe Feliz, desprovista de sus preciados ornamentos, se convierte en un objeto antiestético, por lo que los miembros del concejo ordenan su fundición. El incombustible corazón de plomo del príncipe, junto con el cadáver de la golondrina, son llevados por un ángel al Paraíso como «las dos cosas más valiosas de la ciudad».

El ruiseñor y la rosa presenta también puntos de contacto temático con los relatos anteriores. Un estudiante está enamorado de una caprichosa joven, quien le pone como condición para bailar con él el regalo de un ramo de rosas rojas. Pero en el jardín del estudiante no hay una sola rosa de este color. La pena del enamorado encuentra eco en un generoso ruiseñor, que, tratando de alegrar al muchacho, accede a cantar con el pecho apoyado en las espinas de un rosal, para que la sangre de su corazón tiña de rojo el blanco de sus flores. Muere el pajarillo, y cuando el estudiante lleva a su amada la hermosa rosa roja pagada a tan alto precio, la coqueta desdeña el regalo y desprecia al animoso galán.

El cuento que cierra este libro es *El amigo leal*. El autor narra aquí la explotación que un interesado molinero hace de un joven que le tiene por un excelente amigo, hasta llevarle a la muerte. Escrito en clave de fábula, con animales parlantes, Wilde se evade a la hora de extraer la moraleja. Pero leídos todos los cuentos, a excepción del primero, los cinco restantes dejan en el lector el sabor amargo de un sacrificio infructuoso. Mueren los generosos, los nobles y los enamorados, ante la mirada fría de una sociedad insensible, pragmática, caprichosa y engreída. Wilde deja entrever ese tono de amargura, de desengaño incurable, que alcanzará su máxima expresión en el testimonio epistolar de su *De profundis*.

CRONOLOGÍA

1854	Nace Oscar Wilde.
	Muere Schelling (n. 1775).
1857	Flaubert (1821-1880): *Madame Bovary*.
1859	Marx: *Para una crítica de la economía política*.
	Darwin: *El origen de las especies*.
1860	Nace Mahler.
1861	EE.UU: Guerra de Secesión.
	Rusia: abolición de la esclavitud.
1862	Prusia: Bismarck, canciller.
	Victor Hugo (1802-1885): *Los miserables*.
1863	Tolstoi (1828-1910): *Guerra y paz*.
1864-1876	Primera Internacional
1865	EE.UU: abolición de la esclavitud.
	Wagner: *Tristán e Isolda*.
	Mendel: *Leyes de la herencia*.
1866	Marx: *El Capital*, vol. I
1870	Guerra franco-prusiana.
	Roma, capital de Italia.
1871	Proclamación del Imperio Germánico.
	Verdi: *Aida*.
	Rimbaud (1854-1891): *El barco ebrio*.
	Darwin: *El origen del hombre*.

1872	Nietzsche (1844-1900): *El origen de la tragedia.*
	Dostoyevski: *Los demonios.*
1876	Mallarmé (1842-1898): *Siesta de un fauno.*
1878	Tolstoi: *Ana Karenina.*
1879	Ibsen: *Casa de muñecas.*
	Dostoyevski: *Los hermanos Karamazov.*
	Pasteur: principio de la vacuna.
1880	Oscar Wilde: *Vera o los nihilistas.*
1881	Nietzsche: *Aurora.*
	Oscar Wilde: *Poemas.*
1882	Nietzsche: *La gaya ciencia.*
	Koch: bacilo de la tuberculosis.
1883	Oscar Wilde: *La duquesa de Padua.*
1885	Zola (1840-1902): *Germinal.*
	Nietzsche: *Así habló Zaratustra.*
1888	Oscar Wilde: *El Príncipe Feliz y otros cuentos.*
1889	Oscar Wilde: *Retrato de Mr. W. H.*
1891	Inicio del ferrocarril transiberiano.
	Oscar Wilde: *El retrato de Dorian Gray,* *Intenciones,* *El crimen de lord Arturo Savile,* *Una casa de granadas,* *Salomé.*
	Estreno: *El abanico de Lady Windermere.*
1893	Oscar Wilde: *Una mujer sin importancia.*
1894	Francia: estalla el *affaire* Dreyfus.
	Oscar Wilde: *La esfinge.*
1895	Lumière: cinematógrafo.
	Oscar Wilde: *Un marido ideal,* *La importancia de llamarse Ernesto.*

1897	Oscar Wilde: *La balada de la cárcel de Reading*.
1898	P. y M. Curie: radio.
1899	Chejov (1860-1904): *Tío Vania*.
1900	Muere Oscar Wilde.

EL FANTASMA DE CANTERVILLE

I

Cuando el embajador de América, míster Hiram B. Otis, compró el castillo de Canterville, todo el mundo le dijo que cometía una gran tontería, porque en la finca había duendes. Hasta el propio lord Canterville, hombre de la más escrupulosa honradez, se creyó en la obligación de advertir a míster Otis cuando llegó el momento de discutir las condiciones.

—Nosotros mismos —dijo lord Canterville— nos hemos resistido totalmente a habitar este lugar desde la época en que mi tía abuela, la duquesa de Bolton, perdió el conocimiento, accidente del que nunca llegó a reponerse del todo, a causa del espanto que experimentó al sentir que dos manos de esqueleto se posaban sobre sus hombros mientras se vestía para cenar. Me considero en el deber de decirle, míster Otis, que el fantasma ha sido visto por varios miembros de mi familia que viven actualmente, así como por el rector de la parroquia, el reverendo Augusto Dampier, agregado del King's College de Oxford. Tras el penoso accidente ocurrido a la duquesa, ninguna de las doncellas quiso quedarse en casa, y lady Canterville no pudo ya conciliar el sueño a causa de los ruidos misteriosos que llegaban desde el pasillo y la biblioteca.

—Milord —respondió el embajador—, adquiriré el inmueble y el fantasma bajo inventario. Llego de un país moderno, en el cual podemos obtener todo cuanto el dinero puede proporcionar, y esos muchachos nuestros, jóvenes y avispados, que recorren de parte a parte el viejo continente, que se llevan los mejores actores que ustedes tienen, y sus mejores cantantes, estoy seguro de que si aún queda un verdadero fantasma en Europa, vendrán a buscarlo inmediatamente para colocarlo en uno de nuestros museos públicos o para pasearlo por los caminos mostrándolo como un fenómeno.

—Me temo que el fantasma existe —dijo lord Canterville, sonriendo—, aunque quizá se resista a las ofertas de los osados empresarios de su país. Hace ya más de tres siglos que se tiene noticia de él. Data, precisamente, de 1574, y no deja nunca de mostrarse cuando está a punto de ocurrir alguna defunción en la familia.

—¡Bah! Los médicos de cabecera tienen la misma costumbre, lord Canterville. Amigo mío, no puede ser cierta la existencia de un fantasma y no creo que las leyes de la naturaleza admitan excepciones en favor de la aristocracia inglesa.

—No puede dudarse de lo naturales que son ustedes en América —dijo lord Canterville, que no terminaba de entender la última observación de míster Otis—. Ahora bien, si la idea de tener un fantasma en casa le es a usted agradable, mejor que mejor. Recuerde tan sólo que yo le previne.

Unas semanas más tarde se cerró el trato, y a fines de temporada el embajador y su familia emprendieron el viaje hacia Canterville.

Mistress Otis, de soltera miss Lucrecia R. Tappan, con domicilio en la calle West 52, había sido una celebrada beldad de Nueva York, y era todavía una mujer guapísima de mediana edad, con unos hermosos ojos y un perfil delicado.

Algunas damas americanas, al abandonar su país natal, adoptan actitudes de persona atacada por alguna enfermedad crónica, pues se imaginan que es éste uno de los sellos de distinción en Europa; pero mistress Otis nunca llegó a caer en tan profundo error.

Tenía una naturaleza muy fuerte y estaba dotada de gran vitalidad.

Para ser exactos diremos que se sentía inglesa bajo numerosos aspectos, y hubiese sido capaz de romper una lanza sosteniendo la tesis de que los ingleses tenemos mucho en común con América hoy día, exceptuando la lengua, por supuesto.

Su hijo mayor, a quien sus padres en un momento de exaltación patriótica bautizaron con el nombre de Washington, cosa que él no dejaba de lamentar, era un muchacho rubio, bastante agraciado, que se había erigido en candidato a la diplomacia dirigiendo un cotillón en el casino de Newport durante tres temporadas seguidas, y aun en Londres se le consideraba un bailarín excepcional.

No tenía más que dos debilidades: las gardenias y la nobleza; exceptuando eso, era perfectamente sensato.

Miss Virginia E. Otis era una muchachita de quince años, esbelta y agraciada como un cervatillo, con una bonita expresión despreocupada en sus grandes ojos azules.

Montaba a caballo maravillosamente y sobre su poni derrotó en una ocasión, disputando una carrera, al viejo lord Bilton, dando dos veces la vuelta al parque y ganándole por dos cuerpos y medio, precisamente frente a la estatua de Aquiles, lo cual provocó un entusiasmo tan delirante en el joven duque de Cheshire que le propuso, acto seguido, el matrimonio, viéndose obligados sus tutores a enviarle aquella misma noche a Eton, deshecho en lágrimas.

Seguían a Virginia dos gemelos, conocidos normalmente con el mote de Estrellas y Barras, ya que siempre iban ostentándolas.

Se trataba de dos niños encantadores y, junto con el embajador, eran los únicos realmente republicanos de la familia.

Como la estación más próxima al castillo de Canterville está a siete millas de Ascot, míster Otis telegrafió que fueran a buscarle en coche descubierto, y emprendieron la marcha en medio de la mayor alegría.

La noche era encantadora; una noche del mes de julio en que el aire estaba impregnado de olor a pinos.

De cuando en cuando se oía el arrullo de una paloma de voz muy suave, o se entreveía por la maraña y el rozar de los helechos la pechuga dorada de algún faisán.

En lo alto de las hayas, las ligeras ardillas les espiaban a su paso; unos conejos corrían a ocultarse como exhalaciones a través de los matorrales o sobre los collados cubiertos de hierba, levantando su rabo blanco.

Pero no bien hubieron penetrado en la avenida del castillo de Canterville, el cielo se encapotó repentinamente. Un extraño silencio pareció adueñarse de toda la atmósfera, una gran bandada de cornejas cruzó calladamente por encima de sus cabezas, y antes de que llegasen a la casa ya habían caído algunas gotas.

En la escalinata se encontraba, para darles la bienvenida, una anciana pulcramente vestida de seda negra, con cofia y delantal blancos.

Se trataba de mistress Umney, el ama de llaves que mistress Otis, por especial encargo de lady Canterville, accedió a conservar en su puesto.

Hizo una profunda reverencia a la familia cuando pusieron pie en tierra y dijo, con un peculiar acento de los buenos tiempos pasados:

—Les doy la bienvenida al castillo de Canterville.

La siguieron, atravesando un hermoso vestíbulo de estilo Tudor, hasta la biblioteca, largo salón espacioso que terminaba en un ancho ventanal acristalado.

Estaba preparado el té.

Cuando se hubieron despojado de las ropas de viaje, se sentaron todos y se pusieron a curiosear en torno, mientras mistress Umney iba de un lado a otro.

De repente, la mirada de mistress Otis se fijó en una mancha rojo oscuro que había sobre el pavimento, precisamente al lado de la chimenea, y, sin darse cuenta de sus palabras, dijo a mistress Umney:

—Veo que ha caído algo aquí.

—Sí, señora —contestó mistress Umney, en voz baja—. Ahí se ha vertido sangre.

—¡Es espantoso! —exclamó mistress Otis—. No quiero manchas de sangre en mi salón. Es preciso quitar eso enseguida.

La vieja sonrió y, manteniendo la voz baja y el mismo tono de misterio, respondió:

—La sangre de lady Leonor de Canterville, que fue muerta en ese mismo lugar por su propio marido, sir Simon de Canterville, en 1565. Sir Simon la sobrevivió nueve años, desapareciendo repentinamente en circunstancias misteriosas. Su cuerpo nunca fue hallado, pero su alma culpable sigue hechizando la casa. La mancha de sangre ha sido muy admirada por los turistas y por otras personas, pero quitarla... es imposible.

—Todo eso no son más que bobadas —exclamó Washington Otis—. Hay un producto «quitamanchas», el incomparable Campeón Pinkerton, hará desaparecer esa mancha en un santiamén.

Y antes de que el ama de llaves, aterrada, pudiese evitarlo, ya estaba arrodillado y frotaba fuertemente el entarimado con una barrita de una sustancia parecida a un cosmético negro.

Pocos instantes habían transcurrido cuando la mancha desapareció del todo sin dejar huella.

—Ya sabía yo que el Pinkerton daría buena cuenta de ella —exclamó triunfante, paseando una mirada sobre su familia, llena de admiración.

No había acabado de pronunciar aquellas palabras, cuando un relámpago intensísimo iluminó la estancia sombría, seguido de un horrísono trueno que puso a todos en pie, exceptuando a mistress Umney, que se desmayó.

—¡Qué clima más espantoso! —dijo tranquilamente el embajador, encendiendo un largo veguero—. Creo que el país de los antepasados está tan superpoblado que no hay buen tiempo para todo el mundo. Siempre fui de la opinión de que lo mejor que podrían hacer los ingleses es emigrar.

—Querido Hiram —replicó mistress Otis—, ¿qué podemos hacer con una mujer que se desmaya?

—Se lo descontaremos de su sueldo en caja. Así no volverá a ocurrirle.

Mistress Umney no tardó en recobrar el conocimiento. Sin embargo, se notaba que estaba muy conmovida, y con voz solemne advirtió a mistress Otis que debería temer algún disgusto en la casa.

—Señores, he presenciado unas cosas... que pondrían de punta los pelos a cualquier cristiano. Y durante noches y noches no he podido conciliar el sueño a causa de los hechos terribles que ocurrían.

A pesar de ello, míster Otis y su esposa aseguraron insistentemente a la buena mujer que no temían a ninguno de los fantasmas.

La vieja ama de llaves, después de haber pedido la bendición de la divina Providencia para sus nuevos amos y de arreglárselas para que le aumentaran el sueldo, se retiró a su habitación renqueando.

II

La tempestad desencadenada duró toda la noche, pero no originó ninguna catástrofe.

Al día siguiente, por la mañana, cuando bajaron a desayunar, encontraron nuevamente la terrible mancha sobre el entarimado.

—No creo que sea culpa de «el limpiador sin rival» —dijo Washington—, pues lo he probado sobre toda clase de manchas. Debe de ser cosa del fantasma.

Y sin más, borró la mancha nuevamente, después de haber frotado un poco.

Al otro día, por la mañana, había vuelto a aparecer.

Y, sin embargo, la biblioteca había permanecido cerrada la noche anterior, habiéndose llevado la llave arriba mistress Otis.

A partir de aquel momento, la familia comenzó a interesarse por aquello.

Míster Otis se sentía inclinado a creer que había estado excesivamente dogmático al negar rotundamente la existencia de los fantasmas.

Mistress Otis manifestó su intención de afiliarse a la Sociedad Psíquica y Washington preparó una larga carta para míster Myers y Podmore, basada en la persistencia de las manchas de sangre cuando provienen de un crimen.

Aquella noche disipó todas las dudas existentes sobre la existencia objetiva de los fantasmas.

La familia había aprovechado el fresco de la tarde para dar un paseo en coche.

Regresaron hacia las nueve y tomaron una cena ligera.

La conversación no versó ni un momento sobre los fantasmas, de manera que ni siquiera se habían producido las más elementales condiciones de «espera» y de «receptibilidad» que preceden corrientemente a los fenómenos psíquicos.

Los asuntos que discutieron, según he sabido después por mistress Otis, fueron simplemente los habituales en la conversación de los americanos cultos que pertenecen a las clases más elevadas, como, por ejemplo, la inmensa superioridad de miss Janny Cavenport sobre Sarah Bernhardt como actriz; la dificultad para encontrar maíz verde, galletas de trigo sarraceno y polenta, aun en las mejores casas inglesas, la importancia de Boston en el desarrollo del alma universal, las ventajas del sistema que consiste en anotar los equipajes de los viajeros y la suavidad del acento neoyorquino, comparado con el deje de Londres.

No se trató para nada del tema de lo sobrenatural, no se hizo la menor alusión indirecta a sir Simon de Canterville.

A las once, la familia se retiró.

A las once y media estaban apagadas todas las luces.

Poco después, míster Otis se despertó por un ruido singular que oyó en el pasillo, fuera de su habitación. Parecía un ruido de hierros viejos y se acercaba cada vez más.

Se levantó inmediatamente, encendió una luz y miró la hora.

Era la una en punto.

Míster Otis estaba enteramente tranquilo. Se tomó el pulso y no lo encontró alterado.

El extraño ruido continuaba, al mismo tiempo que se oía claramente el sonido de unos pasos.

Míster Otis se calzó las zapatillas, cogió un frasquito alargado de su tocador y abrió la puerta.

Frente a él se encontró, iluminado por el pálido claro de luna, a un anciano de aspecto terrible.

Sus ojos parecían carbones encendidos. Una larga cabellera gris caía en mechones revueltos sobre sus hombros. Sus ropas, de corte anticuado, estaban manchadas y en jirones. De sus muñecas y de sus tobillos colgaban unas pesadas cadenas y unos grilletes oxidados.

—Mi distinguido señor —dijo míster Otis—, permítame que le ruegue encarecidamente se engrase esas cadenas. Le he traído para ello una botellita de engrasador Tammany-Sol-Naciente. Dicen que una sola aplicación es eficacísima, y en la etiqueta hay varios certificados de nuestros teólogos más ilustres que dan fe de ello. Voy a dejársela aquí, al lado de los candelabros, y tendré un verdadero placer en proporcionarle más, si así lo desea.

Dicho lo cual, el embajador de los Estados Unidos dejó el frasquito sobre una mesa de mármol, cerró la puerta y se volvió a meter en la cama.

El fantasma de Canterville permaneció algunos momentos paralizado por la indignación.

Después, rabioso, tiró el frasquito contra el suelo encerado y huyó por el pasillo, lanzando gruñidos cavernosos y despidiendo una extraña luz verde.

Sin embargo, cuando llegaba a la gran escalera de roble, se abrió de pronto una puerta. Aparecieron dos siluetas infantiles, vestidas de blanco, y una voluminosa almohada le rozó la cabeza.

Era evidente que no había tiempo que perder. Así es que, utilizando como medio más rápido de fuga la cuarta dimensión del espacio, se desvaneció a través de la pared y la casa recobró su calma.

Cuando llegó a un cuartito secreto del ala izquierda, se adosó a un rayo de luna para tomar aliento y se puso a reflexionar para aclarar su situación.

En su larga y brillante carrera, que duraba ya trescientos años consecutivos, jamás había sido injuriado de tan ignominiosa manera.

Se acordó de la duquesa viuda, en quien provocó una crisis de terror, mientras se contemplaba en el espejo, cubierta de brillantes y de encajes; de las cuatro doncellas, a las cuales había enloquecido, produciéndoles convulsiones histéricas, sólo con hacerles visajes por entre las cortinas de una de las habitaciones destinadas a los huéspedes; del rector de la parroquia, cuya vela apagó de un soplo cuando regresaba el buen señor de la biblioteca a una hora avanzada, y que desde entonces, se convirtió en mártir de toda clase de alteraciones nerviosas; de la vieja señora de Tremouillac, que, al despertarse a medianoche, le vio sentado en un sillón, al lado de la chimenea, en forma de esqueleto, entretenido en leer el diario que ella redactaba de su vida, y que de resultas de la impresión, tuvo que guardar cama durante seis meses, víctima de un ataque cerebral. Una vez curada, se reconcilió con la Iglesia y rompió toda clase de relaciones con el señalado escéptico monsieur de Voltaire.

También recordó la terrible noche en que el bribón de lord Canterville fue hallado agonizante en su cuarto de aseo, con una sota de espadas hundida en la garganta, viéndose obligado a confesar que por medio de aquella carta había timado la suma de diez mil libras a Carlos Fox en casa de Grookford. Y juraba que aquella carta se la había hecho tragar el fantasma.

Sus grandes hazañas pasaban ahora por su imaginación.

Vio desfilar al mayordomo que se levantó la tapa de los sesos por haber visto una mano verde tamborilear sobre los cristales, y a la bella lady Steelfield, condenada a llevar alrededor del cuello un collar de terciopelo negro para tapar la señal de cinco dedos impresos como un hierro candente sobre su blanca piel, y que acabó por ahogarse en el vivero de carpas que había al extremo de la avenida Real.

Y, con un entusiasmoególatra de verdadero artista, pasó revista a sus creaciones más célebres.

Dirigió, asimismo, una amarga sonrisa al evocar su última aparición en el papel de *Rubén el Rojo, o el rorro estrangulado*, su debut en el de *Gibeón, el vampiro flaco del páramo de Bexley* y el terror que causó una encantadora tarde de junio sólo con jugar a los bolos con sus propios huesos en el campo de hierba del *lawn-tennis*.

¿Y todo eso, para qué?

¡Para que unos miserables americanos le ofrecieran el engrasador marca Sol-Naciente y le tirasen almohadas a la cabeza! Era realmente intolerable.

Además, la historia demuestra que jamás fantasma alguno fue tratado de aquella manera.

Llegó al convencimiento de que era necesario que se tomara la revancha, y permaneció hasta el amanecer en actitud de profunda meditación.

III

La hora del desayuno fue motivo, a la mañana siguiente, para que la familia discutiera intensamente acerca del fantasma, ya que estaban todos reunidos.

El embajador de los Estados Unidos estaba, como era natural, un poco ofendido al ver que su ofrecimiento no había sido aceptado.

—No quisiera de ninguna manera injuriar personalmente al fantasma —dijo—, y reconozco que, dada la larga duración de su presencia en la casa, no ha sido nada cortés tirarle una almohada a la cabeza...

Lamento tener que decir que esta observación tan certera, provocó una explosión de risa en los gemelos.

—Pero, por otra parte —prosiguió míster Otis—, si se empeña, sin más ni más, en no hacer uso del engrasador marca Sol-Naciente, nos veremos obligados a quitarle las cadenas. No será posible si no, dormir con ese ruido en la puerta de los dormitorios.

Pero, no obstante, durante el resto de la semana no fueron molestados.

Lo único que les llamó la atención fue la reaparición constante de la mancha de sangre sobre el entarimado de la biblioteca.

Era realmente muy extraño, tanto más teniendo en cuenta que mistress Otis cerraba la puerta con llave por la noche, lo mismo que las ventanas.

Los cambios de color que sufría la mancha, comparables a los de un camaleón, produjeron, asimismo, frecuentes comentarios en los miembros de la familia.

Una mañana se presentaba de un color rojo oscuro, casi violáceo; otras era bermellón, más tarde de un púrpura brillante y un día, cuando bajaron a rezar, según los ritos sencillos de la Iglesia Libre Episcopal Reformada de América, la encontraron de un hermoso verde esmeralda.

Como es lógico, estos cambios caleidoscópicos regocijaron en grande a la reunión y se hacían apuestas todas las noches con absoluta tranquilidad.

La única persona que no quiso participar en la broma fue la joven Virginia.

Por razones desconocidas, siempre se sentía impresionada ante la mancha de sangre, y estuvo a punto de llorar la mañana que apareció verde esmeralda.

El fantasma hizo su aparición un domingo por la noche. Al poco rato de estar todos acostados oyeron un enorme estrépito en el vestíbulo que les alarmó.

Bajaron apresuradamente y se encontraron con que la armadura completa se había desprendido de su soporte, cayendo sobre las baldosas.

Cerca de allí, sentado en un sillón de alto respaldo, el fantasma de Canterville se restregaba las rodillas con una expresión de agudo dolor en el semblante.

Los gemelos, que se habían provisto de sus cañas de lanzar majuelas, le tiraron inmediatamente los huesos, con esa seguridad de puntería que sólo se adquiere a fuerza de largos y pacientes ejercicios sobre el profesor de caligrafía.

Mientras tanto, el embajador de los Estados Unidos mantenía al fantasma bajo la amenaza de su revólver y, conforme a la etiqueta californiana, le invitaba a levantar los brazos.

El fantasma se alzó bruscamente, lanzando un grito de furor salvaje, y se disipó entre ellos, como una niebla, apagando de paso la vela de Washington Otis y dejándoles a todos sumidos en la mayor oscuridad.

Una vez llegado a lo alto de la escalera y ya recuperado, se decidió a lanzar su célebre repique de carcajadas satánicas.

Contaba la gente que aquello había hecho encanecer en una sola noche al peluquín de lord Raker.

Y fue motivo suficiente para que tres amas de llaves consecutivas «dimitieran» antes de que se cumpliera el primer mes de estar en el cargo.

Por consiguiente, lanzó su más escalofriante carcajada, despertando paulatinamente los ecos de las antiguas bóvedas, pero extinguidos éstos, se abrió una puerta y apareció, vestida de azul claro, mistress Otis.

—Me temo —dijo la dama— que se encuentre usted indispuesto y le traigo un frasco de la tintura del doctor Dobell. Si se trata de una indigestión, esto le sentará muy bien.

El fantasma la miró con ojos llameantes de furor y se creyó en el deber de metamorfosearse en un gran perro negro.

Era un truco que le había dado una reputación muy merecida, y al cual atribuía el médico de la familia la idiotez incurable del tío de lord Canterville, el honorable Thomas Horton.

Pero un ruido de pasos que se acercaban le hizo vacilar en su cruel determinación y se contentó con volverse un poco fosforescente.

Enseguida, se desvaneció, después de haber lanzado un gemido sepulcral, porque los gemelos se disponían a darle alcance.

Cuando llegó a su habitación, se sintió destrozado, presa de la más violenta agitación.

La ordinariez de los gemelos, el grosero materialismo de mistress Otis, todo aquello le resultaba realmente ofensivo; pero lo que más le humillaba era no tener ya fuerzas para llevar una armadura.

Contaba con impresionar incluso a unos americanos modernos, con hacerles estremecer a la vista de un espectro acorazado, ya que no por motivos razonables, al menos por deferencia hacia su poeta nacional Longfellow, cuyas poesías, delicadas y atractivas, le habían ayudado con frecuencia a matar el tiempo, mientras los Canterville estaban en Londres.

Además, se trataba de su propia armadura. La llevó con éxito en el torneo de Kenilworth siendo felicitado cálidamente por la Reina Virgen en persona.

Pero, cuando quiso ponérsela, quedó aplastado por completo por el peso de la enorme coraza y del yelmo de acero. Y se desplomó pesadamente sobre las baldosas de piedra, desollándose las rodillas y contusionándose la muñeca derecha.

Durante varios días se encontró muy enfermo y no pudo salir de su morada más que lo estrictamente necesario para mantener la mancha de sangre en buen estado.

A pesar de todo, logró restablecerse a fuerza de cuidados, y decidió intentar por tercera vez aterrorizar a la familia del embajador.

Para su reaparición, eligió un viernes, diecisiete de agosto, consagrando gran parte del día a pasar revista a sus trajes.

Su elección recayó, al fin, en un sombrero de ala levantada por un lado y caída por el otro, con una pluma roja; en un sudario deshilachado por las mangas y el cuello y, por último, en un puñal mohoso.

Al atardecer estalló una gran tormenta. El viento era tan fuerte que sacudía y cerraba violentamente las puertas y las ventanas de la vetusta mansión. Indudablemente, era aquel el tiempo que le convenía. He aquí lo que pensaba hacer se acercaría sigilosamente a la habitación de Washington Otis, le susurraría unas frases ininteligibles, quedándose al pie de la cama, y le hundiría por tres veces el puñal en la garganta, a los acordes de una música macabra.

Odiaba principalmente a Washington, porque sabía perfectamente que era él quien acostumbraba a quitar la famosa mancha de Canterville, usando el «limpiador incomparable de Pinkerton».

Cuando hubiera reducido al despreocupado, al temerario joven, entraría en la habitación que ocupaba el embajador de los Estados Unidos y su mujer.

Una vez allí, colocaría una mano viscosa sobre la frente de mistress Otis y al mismo tiempo murmuraría con voz sorda, al oído del embajador tembloroso, los secretos terribles del osario.

En cuanto a la pequeña Virginia, aún no había decidido nada. Nunca le había insultado. Era bonita y cariñosa. Unos cuantos gruñidos sordos, saliendo del armario, serían más que suficiente, y si no bastaban para despertarla, llegaría hasta tirarle de la punta de la nariz con sus dedos rígidos por la parálisis.

A los gemelos estaba firmemente decidido a darles una buena lección: lo primero que haría sería sentarse sobre sus pechos, con objeto de producirles la sensación de una pesadilla. Luego, aprovechando que sus camas estaban muy juntas, se alzaría en el espacio que quedaba libre entre ellas, con el aspecto de un cadáver verde y frío como el hielo, hasta que quedasen paralizados por el terror. Enseguida, tirando bruscamente su sudario, daría la vuelta al dormitorio a cuatro patas, como un esqueleto blanqueado por el tiempo, moviendo los ojos en sus órbitas, en su creación de *Daniel el mudo, o el esqueleto del suicida*, papel en el cual hizo un gran efecto en varias ocasiones. Creía estar tan bien en este papel como en el otro de *Martín el demente o el misterioso enmascarado*.

A las diez y media oyó que la familia subía a acostarse.

Durante unos momentos le produjeron inquietud las tempestuosas carcajadas de los gemelos, que se divertían evidentemente con su loca alegría de colegiales antes de meterse en la cama.

Pero a las once y cuarto todo quedó nuevamente en silencio, y cuando sonaron las doce se puso en camino.

La lechuza chocaba contra los cristales de la ventana. El cuervo se encontraba en el hueco de un tejo centenario y el viento gemía vagando alrededor de la casa, como un alma en pena; pero la familia Otis dormía, sin sospechar la suerte que le esperaba.

Oía perfectamente los ronquidos regulares del embajador de los Estados Unidos que dominaban el ruido de la lluvia y de la tormenta.

Se deslizó furtivamente a través del zócalo. Una perversa sonrisa se dibujaba en su boca cruel y arrugada, y la luna ocultó su rostro tras una nube cuando pasó por delante de la gran ventana ojival, sobre la que estaban representadas, en azul y oro, sus propias armas y las de su esposa asesinada.

Continuaba andando, deslizándose como una sombra funesta que parecía hacer retroceder de espanto a las mismas tinieblas a su paso.

Hubo un momento en que le pareció oír que alguien le llamaba; se detuvo, pero se trataba de un perro, que ladraba en la granja Roja.

Prosiguió su marcha, refunfuñando extrañas interjecciones del siglo XVI, y blandiendo de vez en cuando el puñal enmohecido, en el aire de la medianoche.

Por fin llegó a la esquina del pasillo que conducía a la habitación del infortunado Washington.

Allí hizo un pequeño alto.

El viento agitaba, en torno de su cabeza, sus mechones largos y grises y ceñía, en pliegues grotescos y fantásticos, el indecible horror del fúnebre sudario.

Entonces sonó, en el reloj, el cuarto.

Comprendió que había llegado el momento.

Lanzó una risotada para sí mismo y dio la vuelta al pasillo. Pero apenas lo había hecho, cuando retrocedió lanzando un gemido lastimero de terror y escondiendo su cara lívida entre sus largas y huesudas manos.

Frente a él se hallaba un horrible espectro, inmóvil como una estatua, monstruoso como una pesadilla de un enajenado mental.

La cabeza del espectro era pelada y reluciente; su cara redonda, carnosa y blanda: una risa horrorosa parecía retorcer sus rasgos en una mueca eterna; por los ojos brotaba a oleadas una luz roja; la boca tenía el aspecto de un ancho pozo de fuego, y una ropa horrible, como la de él, como la del propio Simón, envolvía con su hielo silencioso aquella forma gigantesca.

Sobre el pecho tenía colgado un cartel con una inscripción en caracteres extraños, antiguos.

Quizá se trataba de un rótulo infamante, donde estaban escritos delitos espantosos, una terrible lista de crímenes.

Tenía, por último, en su mano derecha una cimitarra de acero resplandeciente.

Como no había visto nunca fantasmas hasta aquel momento, sintió un pánico terrible, y después de lanzar a toda prisa una segunda mirada sobre el monstruo atroz, regresó a su habitación, tropezando con el sudario que le envolvía.

Cruzó corriendo la galería y acabó por dejar caer el puñal enmohecido en las botas de montar del embajador, donde lo encontró el mayordomo al día siguiente.

Una vez refugiado en su retiro, se desplomó sobre un reducido catre de tijera, tapándose la cabeza con las sábanas. Pero al cabo de un momento, el valor indomable de los antiguos Canterville se despertó en él y tomó la decisión de hablar al otro fantasma en cuanto amaneciese.

Así pues, no bien el alba puso tintes rosados sobre las colinas, volvió al sitio en que había visto por primera vez al horroroso fantasma.

Pensaba que, después de todo, dos fantasmas podían valer más que uno y que, con la ayuda de su nuevo amigo, podría contender victoriosamente con los gemelos. Pero cuando llegó al lugar en que lo había visto, se halló en presencia de un espectáculo terrible.

Algo le sucedía al espectro, porque la luz había desaparecido por completo de sus órbitas.

La cimitarra centellante se había caído de su mano y estaba recostada en la pared, en una actitud forzada e incómoda.

Simon se precipitó hacia adelante y le tomó en sus brazos; pero cuál no sería su terror al ver despegarse la cabeza y rodar por el suelo, mientras el cuerpo tomaba la posición supina, y notó que abrazaba una cortina blanca de lienzo grueso y que yacían a sus pies una escoba, un machete de cocina y una calabaza vacía.

Sin poder comprender aquella curiosa transformación, tomó con mano febril el cartel, leyendo, a la claridad grisácea del amanecer, estas palabras terribles:

ÉSTE ES EL FANTASMA OTIS
EL ÚNICO ESPECTRO AUTÉNTICO Y REAL
¡DESCONFIAD DE LAS IMITACIONES!
TODOS LOS DEMÁS ESTÁN FALSIFICADOS

Como un relámpago se le apareció la verdad.

¡Había sido burlado, escarnecido, engañado!

La forma de expresión característica de los Canterville reapareció en su mirada, apretó las mandíbulas desdentadas, y alzando por encima de su cabeza sus manos amarillentas, juró, según el ritual pintoresco de la antigua escuela, «que cuando el gallo tocase por dos veces consecutivas el cuerno de su alegre llamada, se consumarían sangrientas hazañas y el crimen, de callado paso, saldría de su retiro».

No había terminado de formular este terrible juramento cuando de una alquería lejana, de tejado de ladrillo rojo, subió el canto de un gallo.

Lanzó una estentórea risotada, larga y amarga, y esperó. Esperó una hora y luego otra; pero por alguna misteriosa razón, no volvió a cantar el gallo.

Por fin, a eso de las siete y media, la llegada de las criadas le obligó a dejar su terrible guardia y regresó a su morada, con paso altivo, pensando en su juramento que había sido en vano y en su proyecto fracasado.

Una vez en su retiro, consultó varios libros de caballería, cuya lectura le interesaba mucho, y pudo comprobar que el gallo siempre había cantado dos veces en cuantas ocasiones se había recurrido a ese juramento.

—¡Que el diablo cargue con ese animal volátil! —murmuró—. ¡En otro tiempo hubiese caído sobre él con mi buena lanza y le hubiera ensartado por el cuello, obligándole a cantar dos veces para mí aunque reventara!

Dicho esto, se retiró a su confortable féretro de plomo y allí permaneció hasta la noche.

IV

Al día siguiente el fantasma se encontró muy débil y cansado.

Las terribles emociones de las cuatro últimas semanas habían empezado a surtir su efecto.

Tenía el sistema nervioso completamente destrozado y se alteraba al más ligero ruido.

Durante cinco días no se movió de su habitación y acabó por hacer una concesión en lo referente a la mancha de sangre del entarimado de la biblioteca. Puesto que la familia Otis no quería verla, era, indudablemente, que no se la merecían. Aquella gente se encontraba, de un modo muy evidente, en un plano inferior de vida materializada y era incapaz de apreciar el valor simbólico de los fenómenos sensibles.

La cuestión de las apariciones fantasmagóricas y el desarrollo de los cuerpos astrales eran, realmente, algo desconocido para ellos y estaba fuera de su alcance.

Pero, al menos, él se consideraba en el ineludible deber de mostrarse en el pasillo una vez por semana y farfullar por el gran ventanal ojival el primero y tercer miércoles de cada mes. No veía ningún medio de sustraerse a aquella obligación.

Verdad es que en vida había sido muy criminal, pero, aparte ese detalle, era hombre muy concienzudo en todo lo relacionado con lo sobrenatural.

Así pues, los tres sábados siguientes atravesó, como de costumbre, el pasillo entre las doce de la noche y las tres de la madrugada, tomando todas las precauciones posibles para no ser visto ni oído.

Se quitaba las botas, pisaba lo más suavemente que le era posible sobre las viejas maderas carcomidas, se envolvía en una gran capa de terciopelo negro y no dejaba de usar el engrasador Sol-Naciente para mantener sus cadenas engrasadas. Me veo precisado a reconocer que sólo, tras muchas vacilaciones, se decidió a adoptar este método como medio de protección. Pero, al fin, una noche, mientras cenaba la familia, se deslizó en el dormitorio de mistress Otis y se llevó el frasquito.

Al principio se sintió un poco humillado, pero después fue lo suficientemente razonable para comprender que aquel invento merecía grandes elogios y que cooperaba, en cierto modo, a la realización de sus proyectos.

A pesar de todo, no se vio totalmente a cubierto.

No dejaban nunca de tenderle cuerdas de lado a lado del pasillo para hacerle tropezar en la oscuridad, y una vez que se había disfrazado para el papel de *Isaac el negro o el cazador del bosque de Hogsley*, cayó cuan largo era al poner el pie sobre un trozo de suelo enjabonado que habían preparado los gemelos desde el umbral del salón de tapices hasta la parte alta de la escalera de roble.

Esta última afrenta le produjo tal furor que decidió hacer un esfuerzo para imponerse dignamente y consolidar su posición social, decidiendo visitar a la noche siguiente a los chicos insolentes de Eton, disfrazado para representar su célebre papel de *Ruperto el temerario o el conde sin cabeza*.

No se había mostrado con aquel disfraz desde hacía setenta años, es decir, desde que había causado con él tal pavor en la bella lady Barbara Modish que se vio obligada a retirar su palabra de casamiento al abuelo del actual lord Canterville y se fugó a Gretna Green con el arrogante Jack Castletown, jurando que por nada del mundo consentiría en emparentar con una familia que toleraba los paseos de un fantasma tan horrible por la terraza al atardecer.

El pobre Jack fue muerto al poco tiempo en duelo por lord Canterville, en la pradera de Wandsworth y lady Barbara murió de pena en Tumbridge Wells antes de que finalizara el año, así es que constituyó un éxito bajo todos los conceptos.

No obstante se trataba (me permito emplear un término de argot teatral para aplicarlo a uno de los mayores misterios del mundo sobrenatural o en lenguaje más científico «del mundo superior a la Naturaleza») era, repito, una caracterización de las más difíciles y necesitó sus tres buenas horas largas para terminar los preparativos.

Por fin todo estuvo listo y él quedó contentísimo de su disfraz.

Las grandes botas de montar, que hacían juego con el traje, le quedaban, eso sí, un poco holgadas y no pudo encontrar más que una de las dos pistolas de arzón; pero, en general, quedó muy satisfecho del resultado y a la una y cuarto pasó a través de la pared y bajó al pasillo.

Cuando estuvo cerca de la habitación ocupada por los gemelos, y a la que denominaré dormitorio azul por el color de sus cortinas, se encontró con la puerta entreabierta.

Con el fin de hacer una entrada sensacional, la empujó con violencia, pero se le vino encima una jarra de agua que le empapó hasta los huesos, no dándole en el hombro por unos milímetros.

Al mismo tiempo oyó unas risas sofocadas que partían de la doble cama con dosel.

Su sistema nervioso sufrió tal conmoción que regresó a sus habitaciones a toda velocidad y al día siguiente tuvo que permanecer en la cama, con un fuerte ataque de reuma.

El único consuelo que le quedaba era el de no haber llevado la cabeza sobre los hombros, puesto que, de haber sido así, las consecuencias hubieran sido peores.

Desde entonces renunció para siempre a espantar a aquella recia familia de americanos, y se limitó a vagar por el pasillo, con zapatillas de orillo, una gruesa bufanda alrededor del cuello, por temor a las corrientes de aire, y provisto de un pequeño arcabuz, para el caso en que fuese atacado por los gemelos.

Hacia el diecinueve de septiembre fue cuando recibió el golpe de gracia.

Había bajado por la escalera hasta el espacioso vestíbulo, seguro de que en aquel lugar, por lo menos, estaba a cubierto de jugarretas, y se entretenía en hacer observaciones artísticas sobre las grandes fotografías del embajador de los Estados Unidos y de su mujer, hechas en casa de Sarow.

Iba vestido con toda decencia y sencillez, con un largo sudario salpicado de moho de cementerio. Se había atado la mandíbula con una tira de tela amarilla y llevaba una linternita y un azadón de sepulturero.

En una palabra, iba disfrazado de *Jonás el desenterrador o el ladrón de cadáveres de Chertsey Barn*.

Era una de sus más notables creaciones y de la que guardaban, con mayor motivo los Canterville, un recuerdo especial, ya que fue el motivo de su riña con lord Rufford, vecino suyo.

Serían aproximadamente las dos y cuarto de la madrugada, y a su parecer, no se movía nadie en la casa. Pero cuando se dirigía tranquilamente hacia la biblioteca para ver lo que quedaba de la mancha de sangre, se abalanzaron sobre él, procedentes de un rincón oscuro, dos siluetas, agitando alocadamente sus brazos por encima de sus cabezas, mientras gritaban en su oído:

—¡Uú! ¡Uú! ¡Uú!

Presa de pánico, cosa muy natural en aquellas circunstancias, se precipitó a la escalera, pero allí se encontró frente a Washington Otis que le aguardaba blandiendo la regadera del jardín; de tal modo, que, cercado por sus enemigos, casi acorralado, tuvo que evaporarse en la gran estufa de hierro colado, que, afortunadamente para él, no estaba encendida, y abrirse paso hasta sus habitaciones por entre los tubos y las chimeneas, llegando a su refugio en el tremendo estado en que lo pusieron la agitación, el hollín y la desesperación.

A partir de aquella noche no se le volvió a ver más en expedición nocturna.

Los gemelos se quedaron muchas noches acechando su aparición para sorprenderle, sembrando de cáscaras de nuez los pasillos todas las noches, con gran molestia para sus padres y para los criados. Pero fue inútil.

Su amor propio estaba profundamente herido, sin duda, y no quería mostrarse.

En vista de ello, míster Otis se puso a trabajar en su gran obra sobre la historia del Partido Demócrata, obra que había empezado tres años antes.

Mistress Otis organizó un *clam-bake* extraordinario del que se habló en toda la comarca.

Los niños se dedicaron a jugar a la barra, al *écarté*, al póquer y a otras diversiones nacionales de América.

Virginia dio paseos a caballo por las carreteras, en compañía del joven duque de Cheshire, que se encontraba en Canterville pasando su última semana de vacaciones.

Todo el mundo se imaginaba que el fantasma había desaparecido, hasta el punto de que míster Otis escribió una carta a lord Canterville para comunicárselo, y recibió en contestación otra carta en la que le testimoniaba el placer que le producía la noticia y enviaba sus más sinceras felicitaciones a la digna esposa del embajador.

Pero los Otis se equivocaban.

El fantasma continuaba en la casa, y aunque se hallara muy delicado no se encontraba dispuesto a retirarse, sobre todo, después de saber que figuraba entre los invitados el joven duque de Cheshire, cuyo tío, lord Francis Stilton, apostó una vez con el coronel Carbury a que jugaría a los dados con el fantasma de Canterville.

A la mañana siguiente se encontraron a lord Stilton tendido en el suelo del salón de juego en un estado de parálisis tal, que a pesar de la edad avanzada que alcanzó, no pudo ya pronunciar nunca más palabra que ésta:

—¡Seis doble!

Esta historia era muy conocida en su tiempo, aunque, en atención a los sentimientos de dos familias nobles, se hiciera todo lo posible por ocultarla, y existe un relato detallado de todo lo referente a ella en el tomo tercero de las *Memorias de lord Tattle sobre el Príncipe Regente y sus amigos*.

Desde entonces el fantasma tenía verdaderos deseos de poder probar que no había perdido su influencia sobre los Stilton, con los que, además, estaba emparentado por alianza matrimonial, ya que una prima hermana suya se había casado en segundas nupcias con el señor Bulkeley, del que descienden en línea directa, como todo el mundo sabe, los duques de Cheshire.

Con este motivo, pues, hizo sus preparativos para mostrarse al pequeño enamorado de Viginia en su famoso papel de *Fraile vampiro o el benedictino desangrado*.

Era un espectáculo tan horripilante que cuando la vieja lady Starbury se lo vio representar, es decir, la víspera del Año Nuevo de 1764, empezó a lanzar chillidos agudos, que tuvieron por resultado un fuerte ataque de apoplejía y su fallecimiento al cabo de tres días, no sin que antes desheredara a los Canterville y legase todo su dinero a su farmacéutico de Londres.

Pero, en el último momento, el terror que le inspiraban los gemelos le retuvo en su habitación, y el joven duque pudo dormir tranquilo en el gran lecho con dosel coronado de plumas del dormitorio real, soñando con Virgnia.

V

Virginia y su enamorado de cabello ensortijado dieron, unos días después, un paseo a caballo por los prados de Brockley, paseo durante el cual ella se desgarró su traje de amazona al saltar un seto, de tal manera que, al regresar a casa, entró por la escalera de detrás para que no la viesen.

Al pasar corriendo por delante de la puerta del salón de tapices, que estaba de par en par, le pareció que había alguien dentro.

Pensó que sería la doncella de su madre, que iba con frecuencia a trabajar a esa habitación.

Asomó la cabeza para encargarle que le cosiese el vestido desgarrado.

Pero, ¡cuál no sería su asombro al encontrarse allí, en persona, al fantasma de Canterville!

Se había acomodado ante el ventanal y contemplaba el oro llameante de los árboles amarillentos y el revoloteo de las hojas enrojecidas que bailaban alocadamente a lo largo de la gran avenida.

Tenía la cabeza apoyada en una mano y su actitud revelaba el más profundo desaliento.

Realmente, presentaba un aspecto tan abrumado, tan abatido, que la pequeña Virginia, en lugar de ceder a su primer impulso, que fue echar a correr y encerrarse en su cuarto, se sintió movida por la compasión y tomó el partido de acercarse a consolarle.

Tenía la muchacha un paso tan ligero y él una melancolía tan profunda, que no advirtió su presencia hasta que le dirigió la palabra.

—Lo he sentido mucho por usted —dijo—, pero mis hermanos regresan mañana a Eton y entonces, si se porta usted bien, nadie le atormentará.

—Es inconcebible pedirme que me porte bien —le respondió, contemplando estupefacto a la jovencita que tenía la audacia de dirigirle la palabra—. Totalmente inconcebible. Es preciso que yo sacuda mis cadenas, que gruña por los agujeros de las cerraduras y que corretee por la noche. ¿Eso es lo que usted llama portarse mal? No tengo otra razón de ser.

—Eso no es una razón de ser. En sus tiempos fue usted muy malo, ¿sabe? Mistress Umney nos dijo el mismo día de nuestra llegada que usted mató a su esposa.

—Sí, lo reconozco —respondió con arrogancia el fantasma—. Pero se trataba de un asunto de familia y nadie tenía el derecho de inmiscuirse.

—Está muy mal matar a nadie —dijo Virginia, que a veces adoptaba un bonito aspecto de gravedad puritana, heredado quizá de algún antepasado venido de Nueva Inglaterra.

—¡Oh, no puedo sufrir la severidad de la moral abstracta! Mi mujer era feísima. No almidonaba nunca lo suficiente mis puños y no sabía nada de cocina. Mire usted, un día había yo cazado un soberbio ciervo en los bosques de Hogsley, un hermoso macho de dos años. ¡Pues no puede usted imaginarse cómo me lo sirvió! Pero, en fin, dejemos eso. Es asunto liquidado y no me parece nada bien que sus hermanos me dejasen morir de hambre aunque yo la hubiese matado.

—¡Que le dejaron morir de hambre! ¡Oh, señor fantasma!... Don Simón, quiero decir, ¿acaso tiene usted hambre? Hay un sándwich en mi costurero. ¿Le apetece?

—No, gracias, ahora ya no como; pero de todas formas lo encuentro amabilísimo de su parte. ¡Es usted bastante más atenta que el resto de su horrible, arisca, ordinaria y ladrona familia!

—¡Basta! —exclamó Virginia, golpeando con el pie en el suelo—. El arisco, el horrible, el ordinario lo es usted. En cuanto a lo de ladrón, demasiado sabe usted que me ha robado mis colores de la caja de pinturas para restaurar esa ridícula mancha de sangre de la biblioteca. Empezó usted por utilizar todos mis rojos, incluso el bermellón, imposibilitándome para poder pintar las puestas de sol. Después robó usted el verde esmeralda y el amarillo cromo. Y, finalmente, sólo me queda el añil y el blanco china. Así es que ahora no puedo pintar más que claros de luna, que da grima ver, y además, son incomodísimos de colorear. Y no le he acusado, aun estando molesta y a pesar de que todas esas cosas son absolutamente ridículas. ¿Se ha visto alguna vez sangre color verde esmeralda?...

—Vamos a ver —dijo el fantasma, con cierta suavidad—, ¿y qué podía yo hacer? Es dificilísimo, en los tiempos actuales, agenciarse sangre verdadera, y ya que su hermano empezó con su quitamanchas incomparable, no veo por qué no había de emplear yo los colores de usted para resistir. En cuanto al tono, es cuestión de gustos. Así, por ejemplo, los Canterville tienen sangre azul, la sangre más azul que existe en Inglaterra... Aunque ya sé que ustedes, los americanos, no prestan la menor atención a esas cosas.

—No sabe usted nada, y lo mejor que puede hacer es emigrar y así se formará una idea. Mi padre tendría verdadero gusto en proporcionarle un pasaje gratuito, y aunque haya que pagar derechos elevadísimos de Aduana de toda clase de cosas y más tratándose de espectros, no le pondrán dificultades en la frontera, pues todos son demócratas. Y, una vez en Nueva York, puede usted contar con un gran éxito. Conozco infinidad de personas que darían cien mil dólares por tener antepasados y que sacrificarían mayor cantidad aún por tener un fantasma de familia.

—Creo que no me divertiría mucho en América.

—Quizá se deba a que allí no tenemos ruinas ni curiosidades —dijo burlonamente Virginia.

—¡Qué curiosidades ni qué ruinas! —contestó el fantasma—. Tienen ustedes su Marina y sus modales. ¿No?

—Buenas noches; voy a pedir a papá que conceda a los gemelos una semana más de vacaciones.

—¡No se vaya, miss Virginia, se lo ruego! —exclamó el fantasma—. Estoy tan solo y soy tan desgraciado que no sé qué hacer. Quisiera ir a acostarme y no puedo.

—Pues es inconcebible: no tiene usted más que meterse en la cama y apagar la luz. Algunas veces es dificilísimo permanecer despierto, sobre todo en una iglesia, pero, en cambio, dormir es muy sencillo. Ya ve usted, los gemelos saben dormir admirablemente y no son de los más listos.

—Hace trescientos años que no duermo —dijo el anciano tristemente, haciendo que Virginia abriese mucho sus hermosos ojos azules llenos de asombro—. Hace ya trescientos años que no duermo, así es que me siento cansadísimo.

Virginia adoptó un grave continente y sus finos labios se movieron como pétalos de rosa.

Se acercó y, arrodillándose al lado del fantasma, contempló su rostro envejecido y arrugado.

—Pobrecito fantasma —profirió a media voz—. ¿Y no hay ningún sitio donde pueda usted ir a dormir?

—Allá lejos, pasado el pinar —respondió él con voz baja y soñadora—, hay un jardincillo; la hierba crece en él

64

alta y espesa; allí pueden verse las grandes estrellas blancas de la cicuta, allí el ruiseñor canta toda la noche, y la luna de cristal helado deja caer su mirada y el tejo extiende sus brazos de gigante sobre los durmientes.

Los ojos de Virginia se empañaron de lágrimas y ocultó la cara entre sus manos.

—Se refiere usted al jardín de la muerte —murmuró.

—Sí, de la muerte. ¡Qué hermosa debe de ser! ¡Descansar en la blanda tierra oscura, mientras las hierbas se balancean encima de nuestra cabeza, y escuchar el silencio! No tener ni ayer ni mañana. Olvidarse del tiempo y de la vida, morar en paz. Usted puede ayudarme; usted puede abrirme de par en par las puertas de la muerte, porque el amor la acompaña a usted siempre, y el amor es más fuerte que la muerte.

Virginia tembló. Un estremecimiento helado recorrió todo su ser y durante unos instantes hubo un gran silencio.

Le parecía vivir un sueño terrible.

Entonces el fantasma habló nuevamente, con una voz que resonaba como los suspiros del viento:

—¿Ha leído usted alguna vez la antigua profecía que hay sobre las vidrieras de la biblioteca?

—¡Oh, muchas veces! —exclamó la muchacha, mirándole—. La conozco muy bien. Está pintada con unas curiosas letras doradas y se lee con dificultad. No tiene más que estos seis versos:

> *Cuando una joven rubia logre hacer brotar*
> *una oración de los labios del pecador,*
> *cuando el almendro estéril dé fruto*
> *y una niña deje correr su llanto,*
> *entonces toda la casa recobrará la tranquilidad*
> *y volverá la paz a Canterville.*

—Pero no sé lo que quieren decir.

—Quieren decir que usted tiene que llorar conmigo mis pecados, porque yo no tengo lágrimas, y que tiene usted que rezar conmigo por mi alma, porque no tengo fe, y entonces, si ha sido usted siempre dulce, buena y cariñosa, el ángel de la muerte se apoderará de mí. Verá usted seres terribles en las tinieblas y voces funestas escucharán sus oídos, pero no podrán hacerle ningún daño, porque contra la pureza de una niña no pueden nada las potencias infernales.

Virginia no contestó y el fantasma se retorció las manos preso de la desesperación, sin dejar de mirar la rubia cabeza inclinada.

De pronto se irguió la joven, muy pálida, con un fulgor extraño en los ojos.

—No tengo miedo —dijo con voz firme—, y rogaré al ángel que se apiade de usted.

Se levantó el fantasma de su asiento lanzando una débil exclamación de alegría, tomó la rubia cabeza entre sus manos con una gentileza que recordaba los tiempos pasados y la besó.

Sus dedos estaban fríos como el hielo y sus labios abrasaban como el fuego, pero Virginia no desmayó en su propósito. Después la hizo atravesar la estancia sombría.

Sobre el tapiz, de un verde apagado, estaban bordados unos pequeños cazadores. Soplaban en sus cuernos adornados de flecos y con sus lindas manos hacían señales para que retrocediese.

—Vuelve sobre tus pasos, Virginia. ¡Vete, vete! —parecían gritar.

Pero el fantasma le sujetaba en aquel momento la mano con más fuerza y ella cerró los ojos para no verlos.

Horribles animales con colas de lagarto y ojos saltones parpadearon maliciosamente en las esquinas de la chimenea, mientras le decían en voz baja:

—Ten cuidado, Virginia, ten cuidado. Quizá no volvamos a verte.

Pero el fantasma apresuró entonces el paso y Virginia no volvió a oír nada.

Cuando llegaron al extremo de la estancia, el viejo se detuvo murmurando unas palabras que ella no comprendió. Volvió Virginia a abrir los ojos, y vio disiparse el muro lentamente como una neblina, y abrirse ante ella una negra caverna.

—De prisa, de prisa —gritó el fantasma—, o será demasiado tarde.

Y en el mismo momento el muro se cerró de nuevo tras ellos y el salón de tapices quedó desierto.

VI

Cuando tocó la campana diez minutos más tarde para el té, Virginia no bajó.

Mistress Otis envió a uno de los criados a buscarla.

No tardó en volver diciendo que no había podido encontrar a miss Virginia en ningún sitio.

Mistress Otis no se inquietó, pues sabía que Virginia tenía la costumbre de salir todas las tardes al jardín a recoger flores para la cena, pero dieron las seis y siguió sin aparecer.

A partir de entonces su madre comenzó a experimentar inquitud y envió a sus hijos en su busca, mientras ella y su marido recorrían todas las habitaciones de la casa.

A las seis y media regresaron los gemelos diciendo que no habían encontrado ninguna huella de su hermana.

Entonces se produjo una gran confusión en todos y ninguno sabía qué hacer, cuando míster Otis recordó de pronto que pocos días antes había dado permiso a una tribu de gitanos para que acampasen en el parque.

Por consiguiente, salió inmediatamente para Blackfell-Hollow, acompañado por su hijo mayor y dos criados de la granja.

El joven duque de Cheshire, desquiciado por la inquietud, rogó con insistencia a míster Otis que le permitiese acompañarle, pero éste se negó, temiendo que hubiese algún jaleo. Pero al llegar al lugar donde habían acampado, vio que ya no había nadie.

Se habían apresurado a huir, sin lugar a dudas, pues el fuego ardía todavía y habían quedado algunos platos sobre la hierba.

Después de mandar a Washington que registrase los alrededores, junto con los dos hombres, se apresuró a regresar y envió telegramas a todos los inspectores de policía del condado, rogándoles buscasen a una joven raptada por unos vagabundos o unos gitanos.

Después mandó que le trajesen su caballo, y luego de insistir para que su mujer y sus hijos se sentasen a la mesa, partió con un lacayo por el camino de Ascot.

Apenas llevaba recorridas un par de millas, cuando oyó un galope a su espalda.

Se volvió y vio al joven duque que llegaba en su poni, con la cara sofocada y la cabeza descubierta.

—Lo lamento de veras —le dijo el joven con la voz entrecortada—, pero me sería imposible probar bocado mientras Virginia no aparezca. Se lo ruego, no se enfade conmigo. Si hubiera permitido que nos casásemos el año pasado, esto no habría sucedido nunca. No me rechazará usted, ¿verdad? ¡No puedo ni quiero irme!

El ministro no pudo menos de sonreír ante aquel guapo mozo atolondrado, muy conmovido ante la abnegación que mostraba hacia Virginia.

Inclinándose sobre su caballo, le dio unos golpecitos cariñosos en el hombro y le dijo bondadosamente:

—Pues bien, Cecil, ya que insiste usted en venir, no me queda más remedio que admitirle en mi compañía; pero eso sí, tengo que comprarle un sombrero en Ascot.

—¡Al diablo los sombreros! ¡Lo que quiero es que aparezca Virginia! —exclamó el joven duque, sonriendo.

Y acto seguido, se pusieron a galopar hasta llegar a la estación.

Llegado allí, míster Otis preguntó al jefe si no había visto en el andén de salida a una joven cuyas señas correspondiesen a las de Virginia, pero no pudo averiguar nada.

A pesar de ello, el jefe de estación expidió telegramas a las estaciones del trayecto, ascendentes y descendentes, y le prometió ejercer una vigilancia minuciosa.

Enseguida, después de haber comprado un sombrero para el joven duque en una tienda de novedades que se disponía a cerrar, míster Otis cabalgó hasta Bexley, pueblo situado cuatro millas más allá, y que, según le dijeron, era muy frecuentado por los gitanos.

Hicieron levantarse al guarda forestal pero no obtuvieron de él ninguna información acerca de lo que les interesaba.

Por lo cual, después de atravesar la plaza, los dos jinetes, tomaron nuevamente el camino de regreso, llegando a Canterville hacia las once, rendidos y con el corazón oprimido por la inquietud.

Allí se reunieron con Washington y los gemelos, que les esperaban a la puerta con linternas, porque la avenida estaba muy oscura.

No se había descubierto la menor huella de Virginia. Los gitanos fueron alcanzados en el prado de Brockley, pero la joven no se encontraba con ellos.

Explicaron lo apresurado de su marcha, diciendo que habían equivocado el día en que había de celebrarse la feria de Chorton y que el temor de llegar tarde les había obligado a darse prisa.

Además, se mostraron desconsolados por la desaparición de Virginia, pues dijeron le estaban muy agradecidos a míster Otis por haberles permitido acampar en su parque. Cuatro de los componentes se quedaron rezagados para participar en la búsqueda.

Hicieron vaciar el estanque de las carpas. Registraron la finca en todos los sentidos, pero con el mismo resultado negativo.

Era ya una evidencia que Virginia estaba perdida, al menos por aquella noche, y con un gran abatimiento entraron en casa míster Otis y los jóvenes, seguidos del lacayo, que llevaba de las bridas al caballo y al poni.

En el vestíbulo se encontraron con el grupo de los criados llenos de terror.

La pobre mistress Otis se hallaba tumbada en un diván de la biblioteca, casi enloquecida por el espanto y la ansiedad, y la vieja ama de llaves le humedecía la frente con agua de colonia.

Fue una comida tristísima.

Apenas se hablaba y hasta los propios gemelos presentaban un aspecto despavorido y consternado, pues querían mucho a su hermana.

Cuando terminaron, míster Otis, a pesar de los ruegos del joven duque, mandó a todo el mundo a la cama, ya que nada más podía hacerse durante la noche; al día siguiente pensaba telegrafiar a Scotland Yard para que pusieran inmediatamente varios detectives a su disposición.

Pero, justo en el preciso momento en que salían del comedor, sonaron las doce en el reloj de la torre.

Apenas se habían extinguido las vibraciones de la última campanada, cuando se oyó un crujido acompañado de un grito penetrante.

Un trueno formidable hizo estremecerse las paredes, una melodía que nada tenía de terrenal, flotó en el aire, un lienzo de la pared se desprendió bruscamente y en lo alto de la escalera, ya sobre el rellano, muy pálida, casi blanca, apareció Virginia, llevando en la mano una cajita.

Todos se precipitaron inmediatamente hacia ella.

Mistress Otis la estrechó fuertemente contra su pecho.

El joven duque casi la ahogó con la violencia de sus besos, y los gemelos ejecutaron una danza guerrera salvaje alrededor del grupo.

—¡Ay! ¡Hija mía! ¿Dónde te habías metido? —dijo míster Otis, bastante enfadado, creyendo que les había querido gastar una broma a todos ellos—. Cecil y yo hemos registrado toda la comarca en busca tuya, y tu madre ha estado a punto de morir de espanto. No vuelvas a gastar bromas de este estilo a nadie.

—¡Menos al fantasma, menos al fantasma! —gritaron los gemelos, continuando con sus cabriolas.

—Hija mía querida, gracias a Dios que te hemos encontrado; ya no nos volveremos a separar —murmuraba mistress Otis, besando a la muchacha, toda trémula, y acariciando sus cabellos dorados, que se desparramaban sobre los hombros.

—Papá —dijo suavemente Virginia—, estaba con el fantasma. Ha muerto ya. Es preciso que vayáis a verle. Fue muy malo, pero se ha arrepentido sinceramente de todo lo que ha hecho, y antes de morir me ha dado este cofrecillo con hermosas joyas.

Toda la familia se quedó contemplándola, muda y aterrada, pero ella hablaba con un aire solemne y serio.

A continuación, dando media vuelta, les precedió a través del hueco de la pared y bajaron por un corredor secreto.

Washington les seguía llevando una vela encendida que tomó de la mesa. Por fin, llegaron a una gran puerta de roble erizada de recios clavos.

Virginia la tocó y entonces la puerta giró sobre sus goznes enormes y se encontraron en una habitación estrecha y baja con el techo abovedado y con una ventanita enrejada.

Junto a una gran argolla de hierro, empotrada en la pared, con la cual estaba encadenado, se veía un largo esqueleto, extendido cuan largo era sobre las baldosas.

Parecía estirar sus dedos descarnados, como intentando llegar a un plato y a un cántaro de forma antigua colocados de tal manera que no pudiese alcanzarlos.

El cántaro había estado lleno de agua, indudablemente, pues tenía su interior recubierto de moho verde.

En el plato no quedaba más que un montón de polvo.

Virginia se arrodilló junto al esqueleto y, uniendo sus manecitas, se puso a rezar en silencio, mientras la familia contemplaba con asombro la horrible tragedia, cuyo secreto acababa de ser revelado.

—¡Atiza! —exclamó de repente uno de los gemelos, que había ido a mirar por la ventanita, tratando de averiguar a qué lado del edificio estaba situada aquella habitación—. ¡Atiza! El antiguo almendro, que estaba seco, ha florecido. Se ven admirablemente las hojas a la luz de la luna.

—¡Dios le ha perdonado! —dijo gravemente Virginia, levantándose. Y un maravilloso resplandor parecía iluminar su rostro.

—¡Eres un ángel! —exclamó el joven duque, rodeándola el cuello con sus brazos y besándola.

VII

Cuatro días después de estos curiosos sucesos, hacia las once de la noche, salía un fúnebre cortejo del castillo de Canterville.

La carroza iba tirada por ocho caballos negros, cada uno de los cuales llevaba adornada la cabeza con un gran penacho de plumas de avestruz, que se balanceaban.

El féretro de plomo iba cubierto con un rico paño de púrpura, sobre el cual estaban bordadas en oro las armas de los Canterville.

A cada lado de la carroza y de los coches marchaban los criados llevando antorchas encendidas.

Aquella comitiva tenía un aspecto grandioso e impresionante.

Lord Canterville presidía el duelo; había venido del País de Gales expresamente para asistir al entierro y ocupaba el primer coche con la pequeña Virginia.

Después iban el embajador de los Estados Unidos y su esposa, y detrás Washington y los dos muchachos.

En el último coche iba mistress Umney. Todo el mundo estuvo de acuerdo en que, después de haber sido atemorizada por el fantasma por espacio de más de cincuenta años, tenía realmente derecho a verle desaparecer para siempre.

Cavaron una profunda fosa en un rincón del cementerio, precisamente bajo el tejo centenario, y dijo las últimas oraciones, del modo más patético, el reverendo Augusto Dampier.

Una vez terminada aquella ceremonia, los criados, siguiendo una antigua costumbre establecida en la familia, apagaron sus antorchas.

Luego, al bajar el féretro a la fosa, Virginia se adelantó, colocando encima de ella una gran cruz hecha con flores de almendro, blancas y rojas.

En aquel momento salió la luna por detrás de una nube e inundó el cementerio con sus silenciosas oleadas plateadas, y de un bosquecillo cercano se elevó el canto del ruiseñor.

Virginia recordaba la descripción que le había hecho el fantasma del jardín de la muerte; sus ojos se llenaron de lágrimas y apenas pronunció palabra durante el camino de regreso.

A la mañana siguiente, antes de que lord Canterville se marchase a la ciudad, mistress Otis habló con él al respecto de las joyas entregadas por el fantasma a Virginia.

Eran soberbias, espléndidas.

Había, sobre todo, un collar de rubíes, de antigua montura veneciana, que era un maravilloso trabajo del siglo XVI, y el conjunto representaba tal cantidad que era una fortuna, y míster Otis tenía escrúpulos en permitir que su hija se quedase con ellas.

—Milord —dijo el embajador—, sé que en este país se aplica la antigua ley del mayorazgo, lo mismo a los objetos menudos que a las tierras, y es evidente, evidentísimo para mí, que estas joyas deben quedar en poder de usted como legado de familia. Le ruego, por lo tanto, que consienta en llevárselas a Londres, considerándolas simplemente como una parte de su herencia que le fuera restituida en circunstancias extraordinarias. En cuanto a mi hija, no es más que una chiquilla, y hasta hoy, me complace decirlo, siente poco interés por esas futilezas de lujo superfluo. He sabido igualmente por mistress Otis, cuya autoridad no es despreciable en cosas de arte, dicho sea de paso, pues ha tenido la suerte de pasar varios inviernos en Boston, de soltera, que esas piedras preciosas tienen un valor monetario considerable, y que si se pusieran en venta producirían una bonita suma. En estas circunstancias, lord Canterville, reconocerá usted, indudablemente, que no puedo permitir que queden en manos de ningún miembro de mi familia. Además de que todos esos adornos y fruslerías, por muy apropiados y necesarios que resulten a la dignidad de la aristocracia británica, estarían fuera de lugar entre personas educadas según los severos principios, según los inmortales principios, si puede decirse, de la sencillez republicana. Quizá me atrevería, a asegurar que Virginia tiene gran interés en que le deje usted el cofrecillo que encierra esas joyas, como recuerdo de las locuras y de los infortunios de su antepasado. Y como ese cofre está muy viejo y deterioradísimo, puede que encuentre usted razonable su petición y la acoja favorablemente. En cuanto a mí, confieso que me sorprende enormemente ver a uno de mis hijos demostrar interés por una cosa de la Edad Media, y la única explicación que le encuentro es que Virginia ha nacido en un barrio de Londres, al poco tiempo de regresar mistress Otis de una excursión a Atenas.

Lord Canterville escuchó imperturbable el discurso del digno embajador, atusándose de cuando en cuando el bigote gris, para ocultar una sonrisa que no podía reprimir.

Una vez que hubo terminado míster Otis, le estrechó cordialmente la mano y contestó:

—Mi querido amigo, su encantadora hijita ha prestado un servicio importantísimo a mi desgraciado antepasado. Mi familia y yo estamos agradecidísimos a su maravilloso valor y a la sangre fría que ha demostrado. Las joyas le pertenecen, sin duda alguna, y creo, a fe mía, que si tuviese yo la suficiente insensatez para quitárselas, el viejo tunante sería capaz de salir de la tumba al cabo de quince días para hacerme la vida imposible. En cuanto a que sean joyas de familia, no podrían serlo sino después de estar especificadas como tales en un testamento en forma legal, y la existencia de estas joyas ha permanecido siempre ignorada. Le aseguro que son tan mías como de su mayordomo. Cuando miss Virginia sea mayor, sospecho que le encantará tener cosas tan lindas para ponerse. Además, míster Otis, olvida usted que adquirió el inmueble y el fantasma bajo inventario. De modo que todo lo que pertenece al fantasma le pertenece a usted. A pesar de las pruebas de actividad que ha dado sir Simon por los pasillos, no por eso deja de estar menos muerto, desde el punto de vista legal, y su compra le hace a usted dueño de lo que le pertenecía a él.

Míster Otis se quedó muy pensativo ante la negativa de lord Canterville y le rogó que reflexionara de nuevo en su decisión; pero el excelente par se mantuvo firme y acabó por convencer al embajador para que aceptase el regalo del fantasma.

Cuando, en la primavera de 1890, la joven duquesa de Cheshire fue presentada por primera vez en la recepción de la Reina, con motivo de su casamiento, sus joyas fueron motivo de general admiración. Virginia fue agraciada con el tortil o lambrequín de baronía, que se otorga como recompensa a todas las jóvenes americanas juiciosas, y se casó con su novio en cuanto éste tuvo edad para ello.

Eran ambos tan agradables y se amaban de tal modo que a todo el mundo le encantó aquel matrimonio, menos a la vieja marquesa de Dumbleton, que venía haciendo todo lo posible para atrapar al joven duque y casarlo con una de sus siete hijas.

Para lograrlo dio, por lo menos, tres grandes comidas costosísimas.

Cosa rara: míster Otis experimentaba una gran simpatía personal por el joven duque, pero teóricamente era enemigo del «particularismo» y según sus propias palabras «era de temer que, entre las influencias debilitantes de una aristocracia ávida de placer, fueran olvidados por Virginia los verdaderos principios de la sencillez republicana».

Pero nadie hizo caso de sus observaciones, y cuando avanzó por la nave lateral de la iglesia de San Jorge, en Hannover Square, llevando a su hija del brazo, no había hombre más orgulloso en toda Inglaterra.

Después de la luna de miel, el duque y la duquesa regresaron al castillo de Canterville, y al día siguiente de su llegada, por la tarde, fueron a dar una vuelta por el cementerio solitario próximo al pinar.

Al principio les preocupó mucho lo relativo a la inscripción que debía grabarse sobre la lápida de sir Simon, pero decidieron que se pondrían simplemente las iniciales del viejo gentilhombre y los versos escritos en la ventana de la biblioteca.

La duquesa llevaba unas rosas magníficas que desparramó sobre la tumba; después de permanecer allí un rato pasearon por las ruinas del claustro de la antigua abadía.

La duquesa se sentó sobre una columna caída, mientras su marido, recostado a sus pies y fumando un cigarrillo, contemplaba sus lindos ojos.

De pronto tiró el cigarrillo y, tomándole una mano, le dijo:

—Virginia, una mujer no debe tener secretos para su marido.

—Y no los tengo, querido Cecil.

—Sí los tienes —respondió sonriendo—. No me has contado nunca lo que sucedió mientras estuviste encerrada con el fantasma.

—Ni se lo he dicho nunca a nadie —replicó gravemente Virginia.

—Ya lo sé, pero podrías decírmelo a mí.

—Cecil, te ruego que no me lo preguntes. No puedo, en realidad, decírtelo. ¡Pobre sir Simon! Le debo mucho. Sí, no te rías, Cecil; le debo mucho, realmente. Me hizo ver lo que es la vida, lo que significa la muerte y por qué el amor es más fuerte que la vida y que la muerte.

El duque se levantó para besar amorosamente a su mujer.

—Puedes guardar tu secreto mientras posea yo tu corazón —dijo a media voz.

—Siempre fue tuyo.

—Y se lo dirás algún día a nuestros hijos, ¿verdad?

Virginia se ruborizó.

EL CUMPLEAÑOS DE UNA INFANTA

Aquel día era el cumpleahos de la princesita y el sol brillaba esplendoroso en los jardines de palacio.

Aunque realmente era princesa e infanta de España, sólo tenía una fecha de nacimiento, al igual que los hijos de los pobres; por lo tanto era cosa de gran importancia para el país que la infanta tuviera un gran día en tales fechas. Y había amanecido un gran día en verdad. Los altos y rayados tulipanes se erguían sobre los tallos como en largo desfile, y miraban retadores a las rosas diciéndoles: «Somos tan espléndidos como vosotras.» Las mariposas nacaradas revoleteaban, cubiertas de polvillo de oro las alas, visitando a las flores una por una; las lagartijas salían por las grietas del muro y se calentaban al sol; las granadas se cuarteaban y se entreabrían con el calor, dejando al descubierto su corazón rojo. Hasta los pálidos lines amarillos, que colgaban en profusión de las carcomidas espalderas, y a lo largo de las arcadas oscuras, parecían haber tomado mayor viveza de color de la maravillosa luz solar, y las magnolias abrían sus grandes corolas, semejantes a globos de marfil, y perfumaban el aire con su suave aroma enervante.

La princesita paseaba por la terraza con sus compañeros y jugaba al escondite entre los jarrones de piedra y las viejas estatuas cubiertas de musgo. En los días corrientes sólo se le permitía jugar con niños de su propia alcurnia, por lo que se veía obligada a jugar sola; pero su cumpleaños era una excepción y el rey había ordenado que invitara a sus amigos preferidos para que jugaran con ella. Tenían los esbeltos niños españoles gracia majestuosa de movimientos: los muchachos, con sus sombreros de grandes plumas y sus capas cortas flotantes; las niñas, recogiéndose la cola de los largos trajes de brocado y protegiéndose los ojos del sol con enormes abanicos plateados y negros. Pero la infanta era la más graciosa de todas ellas, la que vestía con mayor gusto, dentro de la incómoda moda de aquel tiempo. Llevaba un traje de raso gris, la falda y las amplias mangas de bullones estaban bordadas con plata, el rígido corpiño adornado con hileras de perlas finas. Por debajo del traje, surgían al andar dos diminutos zapatitos con borlas color de rosa. Rosa y perla era su gran abanico de encaje y en el cabello, que formaba una aureola de oro viejo, en torno a su carita pálida, llevaba una linda rosa blanca.

Desde una ventana del palacio los contemplaba el melancólico rey. Detrás de él se hallaba, en pie, su hermano, don Pedro de Aragón, a quien odiaba; su confesor, el gran inquisidor de Granada, estaba sentado junto a él. El rey se encontraba más triste que de costumbre, porque al ver a la infanta saludar con infantil gravedad a los cortesanos reunidos, o riéndose tras el abanico de la ceñuda duquesa de Alburquerque, que la acompañaba siempre, pensaba en la joven reina, su madre, que poco tiempo antes —así se lo parecía al menos— había llegado del alegre país de Francia y se había marchitado entre el sombrío esplendor de la corte española, muriendo seis meses después del nacimiento de su hija, antes de haber visto florecer dos veces los almendros en el huerto, o de haber arrancado por segunda vez los frutos de la vieja higuera nudosa que había en el centro del patio, cubierto ahora de hierba. Tan grande había sido el amor que el rey tuviera a su esposa, que no permitió que la tumba los separara. La reina fue embalsamada por un médico moro, a quien por tal servicio le había sido perdonada la vida, condenada ya por el Santo Oficio por herejía y sospecha de prácticas de brujería, y el cuerpo yacía aún dentro del féretro, forrado de terciopelo, en la capilla de mármol negro del palacio, tal como lo habían depositado allí los monjes aquel ventoso día de marzo, hacía doce años ya. Una vez más, el rey, cubierto con una capa oscura y llevando en la mano una antorcha, entró allí y se arrodilló junto a ella, exclamando: «¡Mi reina! ¡Mi reina!»[1]. Algunas veces, faltando a la etiqueta rigurosa que gobierna en España cada acto de la vida, y que pone límites hasta a la pena de un rey, asía las pálidas manos enjoyadas, en loco paroxismo de dolor y trataba de reanimar con sus besos la fría cara maquillada.

Hoy imaginaba verla de nuevo, como se le apareció por primera vez en el castillo de Fontainebleau, cuando apenas contaba él quince años de edad y ella aún menos. En aquella ocasión contrajeron esponsales, que bendijo el nuncio del Papa en presencia del rey de Francia y de toda la corte, y él regresó a El Escorial, llevando consigo un mechón de cabellos rubios y el recuerdo de los labios adolescentes que se inclinaban para besarle la mano cuando subió a su carruaje. Más adelante se efectuó el matrimonio en Burgos, y la gran entrada pública en Madrid, con la acostumbrada misa solemne en la iglesia de la Virgen de Atocha y un auto de fe más imponente que de costumbre.

Indudablemente, el rey amó a la reina con locura, lo cual no dejó de contribuir, según opinaban muchos, a la ruina de su país, a quien Inglaterra disputaba entonces sus posesiones del Nuevo Mundo. Apenas la dejaba apartarse de su lado, pues había olvidado o parecía olvidar todos los graves asuntos de Estado, y con la terrible locura que la pasión pone en sus víctimas, no advirtió que las complicadas ceremonias con que trataba de distraerla, no hacían sino agravar la extraña enfermedad que padecía. Cuando murió la reina, el rey quedó como privado de razón durante algún tiempo. Hubiera abdicado formalmente y se hubiera retirado al gran

---

[1] En español en el original.

monasterio trapense de Granada, con toda seguridad, del que era ya prior titular, si no hubiera temido dejar a la infantita entregada a la merced de su hermano, cuya crueldad era notoria y de quien muchos sospechaban que había causado la muerte de la reina con un par de guantes envenenados que le había regalado en su castillo de Aragón cuando ella le visitó. Aún después de acabar los tres años de luto que había decretado por edicto real para todos sus dominios, nunca permitió a sus ministros que le hablaran de nuevos enlaces matrimoniales, y cuando el emperador le ofreció la mano de su sobrina, la encantadora archiduquesa de Bohemia, rogó a los embajadores dijeran a su señor que él, rey de España, estaba desposado con la Tristeza, y que aunque ella fuese esposa estéril, la amaba más que a la Belleza, respuesta que costó a su corona las ricas provincias de los Países Bajos, que enseguida, a instancias del emperador, se rebelaron contra él bajo la dirección de fanáticos de la Reforma.

Su vida matrimonial entera, con sus ardientes alegrías y el terrible dolor de su súbito fin, parecía revivir ante él ahora, al ver a la infanta jugar en la terraza. Tenía la graciosa petulancia de la reina, la misma boca orgullosa de lindas curvas, la misma maravillosa sonrisa, *vrai sourire de France*, al mirar de cuando en cuando hacia la ventana o al extender su manecita para que la besaran los majestuosos caballeros españoles. Pero la aguda risa de los niños dañaba los oídos del rey, y la viva, implacable luz del sol, se burlaba de su tristeza y un olor tenue de aromas extraños, aromas como los que emplean los embalsamadores, parecía difundirse —¿o era sólo su imaginación?— en el aire claro de la mañana. Hundió la cara entre sus manos y cuando la infanta volvió a mirar hacia arriba se habían cerrado las cortinas y el rey se había retirado.

La niña hizo un gesto de contrariedad y se encogió de hombros. Podía haberse quedado el rey a verla jugar en su día de cumpleaños. ¿Qué podían importar los ridículos asuntos de Estado? ¿O se había ido, quizá, a encerrar en la capilla tenebrosa, donde siempre ardían velas y en donde nunca le permitían entrar a ella? ¡Qué tontería, cuando había un sol tan resplandeciente y todo el mundo estaba tan contento! Además, se iba a perder el simulacro de corrida de toros, para el cual sonaba ya el clarín, sin contar la comedia de títeres y las otras cosas maravillosas. Su tío y el gran inquisidor eran mucho más sensatos. Habían salido a la terraza y la colmaban de agasajos. Sacudió, pues, la cabecita, y tomando la mano de don Pedro, bajó lentamente la escalerita dirigiéndose al amplio pabellón de seda purpúrea, que se levantaba en uno de los extremos del jardín. Los demás niños la siguieron, marchando en estricto orden de preferencia: los que tenían los nombres más largos, iban delante.

* * *

Una procesión de niños nobles, magníficamente vestidos de toreros, salió a recibirla, y el joven conde de Tierra Nueva, hermosísimo adolescente de unos catorce años de edad, destocándose con toda la gracia que dan el nacimiento hidalgo y la grandeza de España, la acompañó solemnemente hasta una silla pequeña, de oro y marfil, colocada sobre el estrado que dominaba el redondel. Los niños se agruparon en torno, agitando las niñas sus abanicos y cuchicheando entre sí, mientras don Pedro y el gran inquisidor, en la entrada, observaban y sonreían. Hasta la duquesa —llamada la camarera mayor—, mujer delgada, de facciones duras, con gorguera amarilla, no parecía de tan mal humor como de costumbre, y algo que quería ser una fría sonrisa vagaba por su cara arrugada y crispaba sus labios finos y exangües.

Se trataba de una corrida de toros maravillosa y muy superior —pensaba la infanta— a aquella verdadera a que la habían llevado en Sevilla, cuando la visita del duque de Parma a su padre. Algunos de los muchachos caracoleaban sobre caballos de madera ricamente enjaezados, blandiendo largas picas con alegres gallardetes de cintas de vivos colores; otros iban a pie, agitando sus capas escarlatas ante el toro y saltando la barrera cuando les embestía. Y el toro parecía un animal vivo, aunque estaba hecho de mimbre y cubierto con una piel disecada; a veces, corría por el redondel sobre sus patas traseras, cosa que ningún otro toro sería capaz de hacer. Se defendió espléndidamente y los niños se excitaron tanto que se subieron sobre los bancos y, agitando sus pañuelos de encaje, gritaban: «¡Bravo, toro! ¡Bravo, toro!» [2], con la misma seriedad con que lo hacen las personas mayores. Por fin, después de una lidia muy prolongada, durante la cual algunos de los caballos de madera fueron despanzurrados y derribados sus jinetes, el joven conde de Tierra Nueva hizo caer al toro a sus pies, y habiendo obtenido permiso de la infanta para darle la puntilla, hundió su espada de madera en el cuello del animal con tanta violencia que le arrancó la cabeza y dejó al descubierto la cara sonriente del pequeño monsieur de Lorraine, hijo del embajador de Francia en Madrid.

Se despejó entonces el redondel entre grandes aplausos, y dos pajes moriscos, de librea negra y amarilla, con gran solemnidad, se llevaron arrastrando los caballos muertos, y después de breve descanso, durante el cual un acróbata francés bailó en la cuerda floja, se representó, con títeres italianos, la tragedia semiclásica de *Sofonisba* en el pequeño escenario construido al efecto. Actuaban tan bien los títeres y eran tan naturales sus movimientos que, al final del drama, los ojos de la infanta estaban empañados por las lágrimas. En

---

[2] En español en el original.

realidad, algunos niños llegaron a llorar y fue preciso consolarlos con dulces y golosinas, y el gran inquisidor se afectó tanto, que no pudo menos de decir a don Pedro que le parecía inconveniente que muñecos hechos de madera y de cera iluminada y movidos mecánicamente con alambres, fueran tan desgraciados y víctimas de tan terribles adversidades.

Apareció después un prestidigitador africano, que trajo un gran cesto cubierto con un paño rojo y, colocándolo en el centro del redondel, sacó de su turbante una curiosa flauta de caña y sopló en ella. Poco después, el paño rojo empezó a moverse y a medida que la flauta iba emitiendo sonidos más agudos, dos serpientes, verdes y doradas, fueron sacando sus cabezas de forma extraña y se irguieron poco a poco, balanceándose a un lado y a otro con la música, como se balancea una planta en el agua. Los niños, sin embargo, se asustaron al ver las manchadas cabezas y las lenguas como flechas, y les agradó mucho más ver cómo el prestidigitador hacía nacer de la arena un diminuto naranjo, que produjo preciosos azahares blancos y racimos de verdaderos frutos, y cuando tomó en sus manos el abanico de la hija del marqués de las Torres y lo convirtió en un pájaro azul, que revoloteó alrededor del pabellón y cantó, su deleite no tuvo límites.

El solemne minué, interpretado por los niños bailarines de la iglesia de Nuestra Señora del Pilar, fue encantador. La infanta nunca había visto esa ceremonia, que se verificaba anualmente durante el mes de mayo ante el altar mayor de la Virgen y en honor suyo, y, en realidad, ningún miembro de la familia real de España había penetrado en la catedral de Zaragoza desde que un cura loco, que muchos suponían pagado por Isabel de Inglaterra, había tratado de hacer tragar una hostia envenenada al príncipe de Asturias. Por consiguiente, la infanta no conocía más que de oídas la «Danza de Nuestra Señora», según se la llamaba, y era ciertamente digna de verse. Los niños llevaban trajes de corte antiguo; sus sombreros de tres picos estaban ribeteados con plata y coronados por enormes penachos de plumas de avestruz, y la deslumbrante blancura de sus trajes, al moverse en el sol, se acentuaba por el contraste con sus caras morenas y sus largos cabellos negros. Todos quedaron maravillados por la grave dignidad con que se movían en las intrincadas figuras de la danza y por la gracia estudiada de sus lentos ademanes y de sus majestuosos saludos, y cuando terminaron e hicieron reverencia con sus grandes sombreros a la infanta, ella respondió al homenaje con gran cortesía, e hizo promesa de enviar un gran cirio al santuario de la Virgen del Pilar, en pago del placer que le habían ocasionado.

Una compañía de hermosos egipcios, que era como se llamaba entonces a los gitanos, avanzó por el redondel, y se sentaron en el suelo con las piernas cruzadas, en círculo, comenzando a tocar suavemente sus cítaras, moviendo el cuerpo al compás de la música y tarareando en leve murmullo una melodía de ensueño, todo en notas graves. Cuando vieron a don Pedro le gruñeron, y algunos dieron muestras de terror, porque apenas hacía dos semanas que había mandado ahorcar por hechiceros a dos de su tribu en la plaza del Mercado de Sevilla; pero la linda infantita les encantó; mirándola cómo se echaba hacia atrás, y cómo asomaba sus ojos grandes y azules por encima del abanico, se sentían seguros de que una personita tan encantadora no podía ser cruel para nadie. Tocaron pues, muy suavemente, hiriendo apenas las cuerdas de las cítaras con sus largas uñas puntiagudas e, inclinando las cabezas, como si se adormecieran. De pronto, con un grito tan agudo que todos los niños se asustaron y don Pedro se llevó la mano a la daga, se pusieron en pie y comenzaron a girar alocadamente por el redondel, tocando sus tamboriles y cantando una delirante canción de amor en un extraño lenguaje gutural. Luego, a una nueva señal, se echaron todos al suelo y se quedaron allí tranquilos; el opaco rasgueo de las cítaras era el único sonido que rompía el silencio. Después de repetir el número varias veces, desaparecieron durante un instante y regresaron trayendo un oso pardo y peludo, atado con cadenas y cargando sobre las espaldas unos pequeños monos de Berbería. El oso se ponía de manos con la mayor gravedad y los monos amaestrados hicieron toda clase de juegos divertidos con dos niños gitanos que parecían ser sus domadores, y luchaban con espadas diminutas y disparaban fusiles y ejecutaban ejercicios militares, imitando a los soldados de la guardia del rey. Los gitanos obtuvieron un gran éxito.

Pero lo que constituyó la mayor diversión de toda la fiesta matinal, fue, sin duda, el baile del enanito. Cuando entró al redondel, tropezando y tambaleándose sobre sus piernas torcidas y sacudiendo la enorme y deforme cabeza a los lados, los niños lanzaron exclamaciones de contento y la infantita rió de tal modo que la camarera mayor tuvo que recordarle que, aunque había precedentes en España de que una hija de reyes hubiera llorado delante de sus iguales, no los había de que una princesa de sangre real se divirtiera tanto delante de personas de nacimiento inferior al suyo. El enano, sin embargo, era irresistible, y aun en la corte de España, que siempre había sido famosa por su culta afición a lo horrendo, nunca se había visto un pequeño monstruo tan fantástico. Y era la primera aparición que hacía. Había sido apenas descubierto el día anterior, corriendo en salvaje libertad, por dos nobles que se encontraban cazando en un lugar remoto del gran bosque de alcornoques que rodeaba la ciudad, y le habían llevado al palacio como sorpresa para la infanta; su padre, campesino pobre, que vivía de hacer carbón de encina, se había alegrado de verse libre de hijo tan feo y tan inútil.

Puede que lo más cómico de él fuera su completa inconsciencia: no se apercibía de su aspecto grotesco. En realidad, parecía feliz y estaba lleno de viveza. Cuando los niños se reían de él, él reía tan alegre y libremente como cualquiera de ellos, y al acabar cada baile les hacía la más ridícula de las reverencias, sonriéndoles y saludándoles como si fuera uno de ellos, en vez de ser una cosa tan deforme que la naturaleza, en un momento de buen humor, había modelado para entretenimiento de los demás.

Se sintió fascinado por la infanta. No le quitaba los ojos de encima y parecía bailar sólo para ella. Cuando al terminar la fiesta, recordando ella que había visto a las grandes damas de la corte arrojar ramilletes a Caffarelli, el famoso cantor italiano de la Capilla Sixtina, a quien el Papa había enviado a Madrid para ver si lograba curar con la dulzura de su voz la melancolía del rey, se quitó del cabello la linda rosa blanca y, en parte por burla y en parte para mortificar a la camarera, se la arrojó a través del redondel con la más dulce de las sonrisas; el enano lo tomó en serio y, apretando la flor contra sus toscos labios, se puso la mano en el corazón y se arrojó ante la infanta, enseñando los dientes al abrir una boca de oreja a oreja y los ojos brillantes de placer.

La infanta se vio acometida por tal hilaridad, que continuó riéndose aún después de que el enanito saliera del redondel, y expresó a su tío el deseo de que se repitiese aquel baile inmediatamente. Pero la camarera, pretextando que el sol calentaba en exceso, decidió que sería mejor para su alteza regresar sin tardanza al palacio, donde se había preparado un magnífico festín, que incluía una tarta de cumpleaños, con sus iniciales dibujadas con azúcar y una preciosa bandera de plata ondeando en la cúspide. La infanta, pues, se puso en pie con gran dignidad, y habiendo dado la orden de que el enanito bailase ante ella nuevamente después de la siesta, y dado las gracias al adolescente conde de Tierra Nueva por su cortesía, se dirigió a sus habitaciones, seguida por los niños en el mismo orden en que habían venido.

* * *

Cuando el enanito se enteró de que tenía que bailar nuevamente ante la infanta y por mandato expreso suyo, se puso tan orgulloso que corrió al jardín besando la rosa blanca en grotesco éxtasis de placer, y haciendo los más torpes y absurdos gestos de satisfacción.

Las flores se indignaron al ver que invadía su bella morada, y cuando le vieron hacer cabriolas por las avenidas del jardín, levantando los brazos por encima de la cabeza de un modo ridículo, no pudieron contenerse.

—Es demasiado feo para que se le permita jugar donde estamos nosotros —gritaron los tulipanes.

—Debería beber jugo de adormideras y dormirse durante mil años —dijeron los grandes lirios escarlata, y se encendieron de ira.

—¡Es un verdadero horror! —chilló el cactus—. Es torcido y rechoncho, y su cabeza no guarda proporción con las piernas. Me crispo sólo de verlo; si se atreve a pasar junto a mí, le pincho con mis espinas.

—¡Y lleva en la mano uno de mis mejores capullos! —exclamó el rosal de rosas blancas—. Yo mismo se lo di a la infanta esta mañana, como regalo de cumpleaños, y él se lo ha robado. —Y le gritó a voz en cuello—: ¡Ladrón! ¡Ladrón! ¡Ladrón!

Incluso los geranios, que de costumbre no se daban importancia, y de los que se sabía tenían muchos parientes pobres, se retorcieron de disgusto al verlo; y cuando las violetas suavemente declararon que no era culpa suya, se les respondió no sin justicia, que ese era su principal defecto y que no era razón para admirar a nadie el ser incurable; en verdad hubo violetas a quienes la fealdad del enano pareció casi una provocación, y pensaron que hubiera procedido mejor mostrándose entristecido, o siquiera pensativo, en lugar de saltar alegremente y adoptar posturas grotescas y ridículas.

El viejo reloj de sol, que era un personaje muy notable y había indicado las horas del día nada menos que al emperador Carlos V, se quedó tan azorado ante el aspecto del enanito, que estuvo a punto de olvidarse de mover su largo dedo de sombra durante dos minutos, y no pudo menos de decirle el pavo real blanco, color de leche, el cual tomaba el sol en la balaustrada, que el mundo sabía que los hijos de los reyes eran reyes y que los hijos de los carboneros eran carboneros, y que era absurdo pretender lo contrario; afirmación a la cual asintió de buen grado el pavo real y llegó, incluso, a gritar: «Ciertamente, ciertamente», con voz tan aguda y desagradable que los peces dorados que habitaban el tazón de la fresca fuente burbujeante, sacaron las cabezas del agua y preguntaron a los enormes tritones de piedra qué diablos ocurría en tierra.

No obstante, a los pájaros les agradaba el enanito. Lo habían visto con frecuencia en el bosque bailando como un silfo con el remolino de las hojas secas, o agazapado en el hueco de algún viejo roble, compartiendo sus nueces con las ardillas. No les importaba nada que fuera feo. En verdad, ni aun el ruiseñor, cuyo canto era tan dulce por las noches entre los árboles de naranjos que la luna se inclinaba para escucharle, se distinguía por su belleza; y, además, el enano había sido amable con ellos, y durante aquel invierno, terriblemente frío, en que no había ningún fruto en los árboles, y el suelo estaba duro como la piedra, y los lobos habían llegado hasta las puertas de la ciudad en busca de alimento, nunca se había olvidado de ellos, siempre les había echado migajas de su libra de pan moreno y compartía con ellos su pobre desayuno.

Por ello, los pájaros revoloteaban a su alrededor, rozándole las mejillas al pasar, y charlaban entre sí, y el enanito estaba tan contento que no podía menos de mostrarles la linda rosa blanca y decirles que la infanta se la había dado porque le amaba.

Ellos no entendían una palabra de lo que él les decía; pero eso no importaba, porque ladeaban la cabeza y se ponían serios, lo cual vale tanto como entender y es mucho más fácil.

Los lagartos también tomaron simpatía al enanito, y cuando se cansó de correr y se echó sobre la hierba a descansar, jugaban y corrían por encima de él y trataban de divertirle lo mejor que sabían. «No todo el mundo puede tener la belleza de los lagartos —decían—; eso sería pedir demasiado. Y, después de todo, no es tan feo el muchacho, sobre todo si uno cierra los ojos y no le mira.» Los lagartos tenían naturaleza de filósofo y durante horas enteras se quedaban tranquilos pensando, cuando no había otra cosa que hacer o cuando el tiempo estaba demasiado lluvioso para salir de paseo.

Las flores estaban demasiado disgustadas por la conducta de los pájaros y de los lagartos.

—Ya se ve —decían— que tanto correr y volar no puede menos de hacer vulgares a las gentes. Las personas bien educadas se quedan siempre en el mismo sitio, como nosotras. Nadie nos ha visto saltar por los paseos ni galopar alocadamente a través de las hierbas a la caza de libélulas. Cuando queremos cambiar de aires, llamamos al jardinero y él nos lleva a otro plantel. Eso es digno y es como deben de ser las cosas. Pero los pájaros y los lagartos ni siquiera tienen residencia fija. Son unos vagos, como los gitanos, y debe tratárseles exactamente del mismo modo que a ellos.

Hicieron, pues, muecas desdeñosas, adoptaron una actitud altiva y se pusieron contentas cuando, poco rato después, vieron al enanito levantarse de la hierba y dirigirse al palacio a través de la terraza.

—Deberían encerrarlo para el resto de su vida —dijeron—. Mirad sus piernas retorcidas —y comenzaron a reírse.

Pero el enanito ignoraba todo esto. Le gustaban mucho los pájaros y los lagartos y creía que las flores eran la cosa más maravillosa del mundo entero, excepto la infanta, porque ella le había dado la linda rosa blanca y le amaba, así es que era cosa aparte. ¡Cómo le habría gustado volver a su bosque con ella! Ella le pondría a su derecha y le sonreiría y él nunca la abandonaría, la haría su compañera de juegos y le enseñaría toda clase de habilidades ingeniosas. Porque, si bien él nunca había entrado a un palacio antes de ahora, sabía muchas cosas maravillosas. Sabía hacer jaulas de junco para que los saltamontes cantaran en ellas, y convertir las largas cañas de bambú en flautas que Pan gusta de escuchar. Conocía el canto de cada pájaro y sabía llamar a los estorninos de la copa de los árboles y a las garzas de la laguna. Conocía el rastro de cada animal y sabía rastrear a las liebres por la leve huella de sus patas y al oso por las hojas pisoteadas. Conocía todas las danzas del viento, la danza loca con traje rojo para el otoño, la danza ligera con sandalias azules sobre el trigo, en verano, la danza con coronas de nieve en invierno y la danza de las flores a través de los huertos en primavera. Sabía dónde construyen su nido las palomas torcaces, y una vez, cuando un cazador atrapó a una pareja que anidaba, crió a los pichones él mismo y les fabricó un palomar en un olmo desmochado. Eran muy mansos estos pichones y comían en su mano por la mañana. A ella le agradarían, y también le gustarían los conejos, que se deslizaban por entre los largos helechos, y los grajos con sus plumas aceradas y negros picos, y los puercoespines, que sabían convertirse en bolas de púas, y las grandes tortugas, prudentes, que andaban despacio moviendo la cabeza y mordisqueando hojas nuevas.

Sí; la infanta debería irse al bosque y jugar con él. Él le daría su propio lecho y velaría fuera, junto a la ventana, hasta el amanecer, para que los ganados salvajes no le hiciesen daño, ni los flacos lobos se aproximaran demasiado a la cabaña. Y al amanecer tocaría en el postigo y la despertaría, y saldrían juntos y bailarían todo el día. No se echaba a nadie de menos en el bosque. A veces, pasaba un obispo sobre su mula blanca, leyendo en un libro con estampas. Otras veces, con sus gorros de terciopelo verde y sus justillos de piel de ciervo, pasaban los halconeros, con halcones encapuchados en la mano. En época de la vendimia, los lagareros, con manos y pies de púrpura, coronados de lustrosa yedra y cargando chorreantes pellejos de vino; y los carboneros, que se sentaban durante la noche en torno a sus hornos, mirando los leños secos que se carbonizaban lentamente y asando castañas en las cenizas y los bandidos salían de sus cuevas y se solazaban con ellos. Una vez, además, había visto una admirable procesión que hormigueaba en la polvorienta ruta de Toledo. Los monjes iban delante cantando suavemente y llevando estandartes de colores y cruces de oro, y luego, con armadura de plata, con arcabuces y picas, iban los soldados, y, en medio de ellos, tres hombres descalzos, con extrañas vestimentas amarillas cubiertas de maravillosas figuras pintadas y con cirios encendidos en las manos.

Ciertamente había mucho que ver en el bosque, y cuando la infanta se fatigara, encontraría mullidos lechos de musgo o él la llevaría en brazos, porque era muy vigoroso, aunque sabía que no era alto. Le haría un collar de rojos frutos de brionia, que serían tan hermosos como los frutos blancos que llevaba en su traje, y cuando se cansara de ellos, él le buscaría otros. Le traería bellotas y anémonas mojadas de rocío y diminutos gusanos de luz para que fueran como estrellas en el oro pálido de sus cabellos.

* * *

—Pero, ¿dónde estaba la infanta? —le preguntó a la rosa blanca, que no le respondió—. Todo el palacio parecía adormecido e, incluso, donde no se habían cerrado las contraventanas, se habían bajado grandes cortinas para evitar el reflejo del sol. Vagó por todos lados buscando una entrada y al fin encontró una puertecita abierta. Se escurrió por ella, y se encontró con una espléndida sala, mucho más espléndida, pensó con temor, que el bosque; todo estaba mucho más dorado y hasta el piso estaba hecho de grandes piedras de colores que formaban una especie de dibujo geométrico. Pero la infantita no estaba allí; sólo vio unas prodigiosas estatuas blancas que le contemplaban desde sus pedestales de jaspe, con ojos ciegos y labios que sonreían extrañamente.

En el extremo del salón había una cortina de terciopelo negro ricamente bordada, con soles y estrellas, divisas favoritas del rey en los colores que él prefería. ¿Tal vez ella se escondía allí? La buscaría, por lo menos.

Se acercó sigilosamente y entreabrió la cortina. No; lo que había detrás era otra sala, pero le parecía más hermosa aún que la anterior. Colgaba de las paredes tapicería verde de Arrás, tejida con aguja, con muchas figuras que representaban una cacería, obra de artistas flamencos, que emplearon más de siete años en ella. Había sido en otro tiempo la cámara de Jean le Fou, aquel rey loco tan enamorado de la caza que a menudo, en su delirio, trataba de montar sobre enormes caballos desbocados y arrancar de la pintura al ciervo, sobre el cual saltaban los grandes perros, tocando el cuerno y apuñalando con su daga al pálido animal fugitivo. La habitación se utilizaba ahora como sala de Consejo y en la mesa del centro estaban las rojas carteras de los ministros, donde se veían estampados los tulipanes áureos de España y las armas y emblemas de la casa de Habsburgo.

El enanito miró en torno suyo, con asombro, y no sin temor. Los extraños jinetes silenciosos, que galopaban con velocidad a través de los claros del bosque sin hacer ruido, le parecían terribles fantasmas de los cuales había oído hablar a los carboneros: los Comprachos, que sólo cazan de noche y que si encuentran a un hombre le convierten en ciervo y le persiguen. Pero pensó en la infantita y recobró el valor. Quería encontrarla sola y decirle que él también la amaba. Tal vez estaría en la sala contigua.

Corrió sobre las mullidas alfombras moriscas y abrió la puerta. ¡No! Tampoco se encontraba allí. El salón estaba vacío.

En el salón del trono, donde se recibía a los embajadores extranjeros cuando el rey —cosa poco frecuente entonces— consentía en darles audiencia personal; el salón en donde tiempos atrás se había recibido a los enviados de Inglaterra para concertar el matrimonio de la reina inglesa —uno de los soberanos católicos de la Europa de aquellos días— con el hijo mayor del emperador. Las colgaduras eran de cuero de Córdoba dorado, y del techo blanco y negro pendía una pesada araña áurea con brazos para trescientas bujías. Bajo un gran dosel de paño rojo tejido con oro, donde estaban bordados con aljófar los leones y las torres de Castilla, se hallaba el trono, cubierto con rico palio de terciopelo negro, tachonado de tulipanes de plata y primorosamente ribeteado de plata y perlas. En el segundo escalón del trono se encontraba el reclinatorio de la infanta, con su cojín de tela tejida de plata, y debajo, fuera ya del sitio que cubría el dosel, la silla del nuncio papal, único que tenía derecho a sentarse en presencia del rey en las ceremonias públicas; su capelo cardenalicio, con sus entretejidas borlas de escarlata, descansaba sobre un taburete purpúreo, al lado. En la pared, frente al trono, se veía el retrato de Carlos V a tamaño natural, en traje de caza, con un gran mastín al lado;

el retrato de Felipe II recibiendo el homenaje de los Países Bajos ocupaba el centro de la otra pared. Entre las ventanas estaba colocado un bargueño negro de ébano con incrustaciones de marfil, en las que se veían grabadas figuras de la *Danza de la Muerte* de Holbein, obra, según se decía, de la mano del famoso pintor.

Pero al enanito nada le importaba tanta magnificencia. No hubiera dado su rosa a cambio de todas las perlas del dosel, ni un solo pétalo por el trono. Lo que quería era ver a la infanta antes de que volviera a bajar al pabellón y pedirle que se fuera con él al bosque cuando terminara el baile. Aquí, en el palacio, el aire estaba enrarecido, pero en el bosque corría con libertad el viento, y la luz del sol, con vagabunda mano de oro, apartaba las hojas trémulas. Había flores también en el bosque, no tan espléndidas, quizá, como las flores del jardín, pero más perfumadas; los jacintos, al comenzar la primavera, inundaban de púrpura ondulante las frescas cañadas y los herbosos altozanos; las prímulas amarillas anidaban en pelotones alrededor de las retorcidas raíces de los robles y crecían celidonias de color vivo y verónicas azules y lirios de oro y lila. Había amentos grises sobre los avellanos y digitales que desmayaban el peso de sus abigarradas corolas, inundadas por las abejas. El castaño lucía sus espiras de estrellas blancas y el oxiacanto sus hermosas lunas blancas. Sí; la infanta iría si él lograba encontrarla. Iría con él al hermoso bosque y todo el día bailaría él para ella de puro deleite. Una sonrisa iluminó sus ojos al pensarlo y pasó a la habitación siguiente.

De todas las salas era ésta la más luminosa y la más bella. Las paredes estaban tendidas de damasco de Lucca con flores rosadas, salpicado de pájaros y moteado de florecillas de plata; los muebles eran de plata maciza, festoneada con guirnaldas floridas y Cupidos colgantes; enfrente de las dos amplias chimeneas había grandes biombos en los que aparecían bordados loros y pavos reales, y el piso, que era de ónix, verde mar, parecía extenderse indefinidamente y perderse en la distancia. No estaba solo ahora. En pie, bajo la sombra de la puerta, al extremo opuesto del salón, vio una figurilla que lo miraba. Le tembló el corazón, salió de sus labios un grito de júbilo y se acercó al centro de la sala, iluminado por el sol. Al hacerlo, la figurilla se movió también y pudo verla con claridad.

¿Era la infanta?... Era un monstruo, el monstruo más grotesco que había visto en su vida. No tenía formas normales, las de todo el mundo, sino que tenía la espalda encorvada y era torcido de extremidades, y la cabeza enorme, vacilante, con crin negra. El enanito frunció el ceño, y el monstruo lo frunció también. Se rió y la figurilla se rió con él y se llevó las manos al costado como él. Le hizo un saludo burlesco, y respondió con la misma cortesía. Se dirigió hacia él y él vino a su encuentro, copiando cada uno de sus pasos y deteniéndose cuando él lo hacía. Gritó, muy divertido, y corrió hacia adelante y extendió la mano, y la mano del monstruo tocó la suya, y estaba fría como el hielo. Tuvo miedo y retiró la mano, y el monstruo lo hizo también con la misma prisa. Trató de seguir adelante, pero una superficie lisa y dura le detuvo. La cara del monstruo estaba pegada a la suya y parecía aterrorizada. Separó el cabello que le caía sobre los ojos. La figurilla hizo el mismo gesto. La atacó y ella le devolvió golpe por golpe. Sintió odio hacia ella y le hizo muecas de desagrado. Se echó hacia atrás y el monstruo se retiró a su vez.

¿Qué significaba aquello? Se quedó pensativo durante un momento y miró alrededor de la sala. Era extraño: todo parecía duplicarse en aquel muro invisible de agua clara. Sí; cada uno de los cuadros se repetía en la otra sala impenetrable, y cada uno de los asientos. El fauno dormido, que yacía en la alcoba junto a la puerta, tenía un hermano gemelo que dormitaba, y la Venus de plata, que relucía a la luz del sol, extendía sus brazos a otra Venus menos hermosa.

¿Sería el eco? Había llamado a la ninfa en el valle y le respondió palabra por palabra. ¿Sabía el eco engañar los ojos tal como engañaba el oído? ¿Sabía crear un mundo ficticio semejante al mundo real? Las sombras de las cosas, ¿podían tener color, vida y movimiento? ¿Podía ser que...?

Sobresaltado se quitó del pecho la linda rosa blanca, miró de frente al espejo y la besó. ¡El monstruo tenía otra rosa igual a la suya pétalo por pétalo! La besaba con idénticos besos y la apretaba contra su corazón con gestos espantosos.

Cuando la verdad se impuso en su cerebro, dio un grito de loca desesperación y cayó sollozando al suelo. Era él, pues, el deforme y retorcido, el horrible y el grotesco. Él era el monstruo y de él se reían todos los niños, y la princesita, y él que creía que le amaba... No había hecho más que reírse de su fealdad y burlarse de sus extremidades torcidas. ¿Por qué no lo habían dejado en el bosque donde no había espejo que le dijera lo feo que era? ¿Por qué no le había matado su padre antes que venderlo para vergüenza suya? Lágrimas ardientes rodaban a raudales por sus mejillas. Despedazó la rosa blanca y el monstruo le imitó y esparció los pétalos por el aire. Se revolcó por el suelo, y cuando el enanito lo miraba correspondía a su mirada con gesto de dolor. Se alejó del espejo para no verlo y se tapó los ojos con la mano. Se arrastró, como un animal herido, hacia la sombra y allí permaneció gimiendo.

En aquel momento la infanta entró con sus compañeras por la puerta que estaba abierta, y cuando vieron al feo enano yaciendo en el suelo y golpeando el piso con el puño cerrado de manera extravagante y fantástica, prorrumpieron en grandes carcajadas y se pusieron a observarle.

—Su baile es muy divertido —dijo la infanta—, pero sus acciones lo son más aún. En verdad que casi es tan bueno como los títeres; pero, claro está, sus gestos no son tan naturales.

Y agitó su gran abanico y aplaudió.

Pero el enanito no la miró y sus sollozos fueron cada vez más apagados; de pronto, lanzó un suspiro extraño y se llevó la mano al costado. Luego se dejó caer y quedó inmóvil.

—Estupendo —dijo la infanta, tras una pausa—; pero ahora quiero que bailes para mí.

—Sí —exclamaron todos los niños—; levántate y baila, porque eres tan inteligente como los monos de Berbería y haces reír mucho más.

Pero el enanito no contestó.

Y la infanta dio en el suelo con el pie y llamó a su tío que paseaba por la terraza con el chambelán, leyendo despachos recién llegados de México, donde acababa de establecerse el Santo Oficio.

—Mi enanito está desganado —le dijo—; reanímalo y dile que baile para mí.

Se sonrieron y entraron los tres al salón, y don Pedro se inclinó y tocó al enano en la mejilla con su guante bordado.

—Tienes que bailar —le dijo—, *petit monstre*. Tienes que bailar. La infanta de España y de las Indias quiere divertirse.

Pero el enanito no se movió.

—Hay que llamar a un azotador —dijo don Pedro, fastidiado, y se volvió a la terraza. Pero el chambelán adoptó una actitud grave y se arrodilló junto al enanito, poniéndole una mano en el corazón. Después de breves instantes se encogió de hombros, se levantó y haciendo una reverencia a la infanta, le dijo:

—Mi bella princesa, vuestro divertido enanito no volverá a bailar más. Es una pena, porque es tan feo que pudiera haber hecho reír al rey.

—Pero, ¿por qué no bailará más? —preguntó la infanta riendo.

—Porque se le ha roto el corazón —respondió el chambelán.

La infanta frunció el ceño y sus finos labios hicieron una mueca de desdén.

—En lo sucesivo, que los que vengan a jugar conmigo no tengan corazón —exclamó.

Y, corriendo, se marchó al jardín.

EL PESCADOR Y SU ALMA

El joven pescador desplegaba todas las noches las velas de su embarcación y se hacía a la mar echando las redes al agua.

Cuando el viento venía de tierra, es decir, de poniente, no pescaba nada, porque era un viento fuerte y de alas negras, que levantaba altas olas a su encuentro. Pero cuando el viento soplaba hacia la playa, los peces salían del fondo y nadaban hacia las mallas de las redes, y él los recogía, los llevaba al mercado y los vendía.

El joven pescador se hacía a la mar todas las noches, y una de esas noches la red estaba tan pesada, que apenas podía izarla al bote. Y dijo para sí, riendo:

—Seguro que he atrapado todos los peces que nadan en el mar algún monstruo que será la maravilla de todos los que lo vean, o alguna cosa magnífica que la gran reina querrá conservar para sí.

Y con todas sus fuerzas tiró de las cuerdas, hasta que, como líneas de esmalte azul alrededor de un vaso de bronce, se le marcaron las venas en los brazos. Tiró de las cuerdas y se cerró más y más el cerco de corchos planos, hasta que la red salió, al fin, a flor de agua.

Pero no contenía ningún pez, ni monstruo marino, ni nada espantoso, sino una maravillosa sirenita profundamente dormida.

Su cabellera húmeda parecía vellocino de oro, y cada cabello separado como hilo de oro fino en vaso de cristal. Su cuerpo era como marfil blanco, y su cola, de plata y perlas.

103

Plata y perlas eran su cola, y las verdes algas del mar se enroscaban en ella; como caracolas eran sus orejas y como coral marino sus labios. Las frías olas se rompían sobre sus senos fríos, y la sal relucía en sus párpados.

Era tan bonita, tan bonita, que cuando el joven pescador la vio, se llenó de asombro y extendió la mano y atrajo hacia sí la red, e inclinándose sobre la borda tomó a la sirena en sus brazos. Y cuando la tocó lanzó ella un grito como de gaviota asustada, se despertó y le miró llena de terror con sus ojos de color entre amatista y malva, y luchó por escapar. Pero él la tenía asida estrechamente y no la dejaba huir.

Cuando vio ella que no podía escapar, comenzó a llorar y le dijo:

—Te ruego que me dejes en libertad, porque soy la hija única de un rey y mi padre es anciano y está solo.

Pero el joven pescador le respondió:

—No te soltaré, si no es a cambio de que me prometas que cada vez que yo te llame acudirás y cantarás para mí, porque los peces se encantan con la voz de los hijos del mar, y así mis redes se llenarán de pesca.

—¿De veras me soltarás si te lo prometo? —preguntó la sirena.

—Sí, de veras, te soltaré —dijo el joven pescador.

La sirena hizo la promesa, y juró con el juramento de los hijos del mar. Él la soltó y ella se hundió en las aguas, temblando con un temor extraño.

El joven pescador se hacía a la mar todas las noches y llamaba a la sirena, y ella salía de las aguas y cantaba para él. Alrededor de ella nadaban y nadaban los delfines; las gaviotas salvajes giraban en círculos sobre su cabeza.

Y ella cantaba una canción maravillosa. Y en sus canciones hablaba de los hijos del mar que guían sus ganados de gruta en gruta y llevan sobre las espaldas a los pequeños; de los tritones, que tienen largas barbas verdes y pecho peludo y soplan en caracolas retorcidas cuando pasa el rey; del palacio del rey, que es todo de ámbar con techo de clara esmeralda y pavimento de perlas relucientes, y de los jardines del mar, donde los grandes abanicos afiligranados de coral ondean incesantemente, y los peces corren como saetas, semejantes a pájaros de plata, y las anémonas se aferran a las rocas, y las flores rojas brotan en las rayadas arenas amarillas.

Hablaba en sus canciones de las ballenas que bajan de los mares del Norte y traen agudos carámbanos colgando de las aletas; de las sirenas, que cuentan cosas tan prodigiosas, que los mercaderes tienen que taparse los oídos con cera para no oírlas, pues, si las escuacharan, se arrojarían al mar y se ahogarían; de las galeras hundidas con sus altos mástiles y los cadáveres helados de marinos aferrados todavía a las jarcias; de las lapas minúsculas, que son grandes viajeras, y se pegan a la quilla de los barcos y dan la vuelta al mundo; y de los pulpos, que viven en los huecos de las rocas sumergidas y extienden sus largos tentáculos negros y hacen venir la noche cuando quieren.

También cantaba al nautilo, que tiene embarcación propia tallada en ópalo y gobernada con velas de seda; a los alegres tritones, que tocan arpas y pueden encantar y hacer dormir al gran Kraken; a los pequeñuelos que echan mano de las escurridizas marsopas y cabalgan sonrientes sobre ellas; a las sirenas, que se acuestan sobre la blanca espuma y tienden los brazos a los marineros, y a las focas, con sus curvos colmillos, y a los caballos marinos, con sus crines flotantes.

Y mientras la escuchaban cantar, los atunes salían del fondo para verla, y el joven pescador echaba sus redes y los atrapaba, y a otros los pescase con un arpón. Y cuando su bote estaba bien cargado, la sirena se sumergía en las aguas, sonriéndole.

Pero nunca se ponía al alcance de su mano. Con frecuencia, él la llamaba y le pedía que se aproximase, pero ella no accedía, y si alguna vez él trataba de atraparla de nuevo, ella se zambullía como lo haría una foca, y no volvía a aparecer durante aquella noche. Y cada día que pasaba, el sonido de su voz le parecía más suave. Tan suave era la voz, que el joven pescador olvidaba sus redes y su habilidad, y no se ocupaba de su oficio. Con sus aletas rojizas y sus ojos como globos de oro, los atunes pasaban junto al barco en numerosos bancos, pero él no prestaba atención. Su arpón permanecía inactivo junto a él, y sus cestas de mimbre trenzado estaban vacías. Con la boca abierta y los ojos adormecidos por el asombro, permanecía día tras día ocioso en su barca, y escuchaba, escuchaba, hasta que las brumas de la mar se levantaban en torno suyo y la luna vagabunda teñía de luz plateada sus miembros morenos.

Y una noche la llamó y le dijo:

—Sirenita, sirenita, te amo. Dime si me quieres por esposo, porque te amo.

Pero la sirenita movió la cabeza:

—Tienes alma humana —respondió—. Si te deshicieras de tu alma, entonces podría amarte yo.

Y el joven pescador pensó:

«¿De qué me sirve mi alma? No la veo. No la toco. No la conozco. La arrojaré lejos de mí y viviré contento con mi sirenita.»

Y un grito de alegría brotó de sus labios, y poniéndose en pie sobre su pintada barca, tendió los brazos a la sirena.

—Arrojaré mi alma fuera de mí —exclamó—, y serás mi esposa; yo seré tu esposo y en las profundidades del mar viviremos juntos; todo aquello de que hablas en tus canciones me lo mostrarás, y todo lo que quieras haré; nuestras vidas siempre estarán unidas, siempre, siempre.

Y la sirenita rió complacida y escondió la cara entre las manos.

—Pero, ¿cómo podré librarme de mi alma? —preguntó el joven pescador—. Dime lo que tengo que hacer y lo haré.

—¡Ay, no lo sé! —dijo la sirenita—. Los hijos del mar no tenemos alma.

Y se sumergió en el fondo de las aguas, mirando pensativamente al pescador.

* * *

A la mañana siguiente, muy temprano, antes de que el sol se levantase siquiera unos centímetros sobre la colina, el joven pescador fue a la casa del sacerdote y llamó tres veces a la puerta.

El novicio miró por la mirilla, y cuando vio quién era, descorrió el cerrojo diciendo:

—Pasa.

Y el joven pescador pasó y se arrodilló entre los olorosos juncos que cubrían el suelo junto al sacerdote, que estaba leyendo el libro sagrado.

—Padre, estoy enamorado de una de las hijas del mar, y mi alma me impide cumplir mis deseos de unirme a ella. Decidme cómo puedo liberarme de mi alma, porque, realmente, no la necesito. ¿De qué me sirve mi alma? No la veo. No la toco. No la conozco.

Y el sacerdote se golpeó el pecho y replicó:

—¡Ay, ay! Estás loco o has comido hierba venenosa, porque el alma es la porción más noble del hombre, y Dios se la dio para que la usara noblemente. No hay nada más precioso que el alma humana, ni hay cosa terrenal que pueda compararse con ella. Vale más que todo el oro del mundo y es más preciosa que los rubíes de los reyes. Así, pues, hijo mío, no pienses más en eso, porque cometes pecado que no se te puede perdonar. Los hijos del mar son seres de perdición, y se pierden quienes tengan trato con ellos. Son como las bestias del campo, que no distinguen el bien del mal, y el Señor no ha padecido ni muerto para redimirlos.

Los ojos del joven pescador se llenaron de lágrimas cuando oyó las duras palabras del sacerdote; se levantó del suelo y le dijo:

—Padre, los faunos viven en el bosque y están contentos; sobre las rocas están los tritones con sus arpas de oro rojizo. Dejadme ser como ellos, os lo ruego, porque sus días deben ser como los días de las flores. Y mi alma, ¿de qué me sirve mi alma, si es un estorbo entre mi amor y yo?

—El amor del cuerpo es vil —dijo el sacerdote frunciendo el ceño—, y viles y malas son las cosas paganas a quienes Dios permite vagar por el mundo. ¡Malditos los faunos de la pradera y malditos los cantores del mar! Los he oído en la noche, y han tratado de apartarme de las cuentas de mi rosario. Llaman a la ventana y se ríen. Me cuchichean al oído la historia de sus peligrosos placeres. Me cercan con sus tentaciones, y cuando quiero rezar me hacen muecas y burlas. Están perdidos, te lo digo yo, están perdidos. Para ellos no hay cielo ni infierno, y ni en el uno ni en el otro alabarán el nombre del Señor.

—¡Padre! —gritó el joven pescador—. No sabéis lo que decís. Una vez atrapé en mis redes a una sirena, hija de un rey. Es más bella que el lucero de la mañana y más blanca que la luna. Por su cuerpo daría yo mi alma y por su amor renunciaría yo al cielo. Decidme lo que os pregunto y dejadme en paz.

—¡Fuera, fuera! —gritó el sacerdote—. Tu sirena está perdida, y te perderás tú con ella.

Y sin darle la bendición, le echó de su casa.

Y el joven pescador bajó a la plaza del mercado; caminaba despacio, con la cabeza baja, como quien está triste.

Cuando los mercaderes le vieron llegar, comenzaron a cuchichear entre sí; uno de ellos se adelantó hacia él, le llamó por su nombre, y le dijo:

—¿Qué vendes?

—Te vendo mi alma —respondió—; te suplico que me la compres, porque estoy cansado de ella. ¿De qué me sirve mi alma? No la veo. No la toco. No la conozco. Y, sin embargo, es una carga que me pesa.

Pero los mercaderes se rieron de él y dijeron:

—¿De qué nos sirve el alma de un pobre pescador?

—No vale ni una moneda de plata. Véndenos tu cuerpo como esclavo; te vestiremos de púrpura, te pondremos un anillo en el dedo y te haremos favorito de la gran reina. Pero no hables del alma, porque no es nada para nosotros ni nos sirve para nada.

Y el joven pescador dijo para sí:

—¡Qué extraño! El sacerdote me dice que el alma vale todo el oro del mundo, y los mercaderes dicen que no vale una moneda de plata.

Y salió del mercado; bajó a la orilla del mar y se puso a pensar qué partido tomaría para poder unirse a su hermosa sirena.

Abstraído en sus pensamientos, pasó la mañana.

Y a mediodía recordó que uno de sus compañeros, cuyo oficio era recoger hinojo marino, le había hablado de una joven bruja que vivía en una cueva al final de la bahía, una bruja muy experta. Y decidió ir a verla, y salió corriendo. ¡Estaba ansioso por librarse de su alma! Una nube de polvo le seguía en su carrera a lo largo de la playa. La bruja notó picor en la palma de la mano; por ello supo que se aproximaba el joven pescador, y se echó a reír dejando caer sobre los hombros su roja cabellera. Y cayéndole la cabellera en torno a su pecho, se puso a la entrada de la cueva; en la mano llevaba un ramillete de flores de cicuta silvestre.

—¿Qué necesitas? ¿Qué necesitas? —gritaba, al verlo subir jadeante por la pendiente, llegar e inclinarse ante ella—. ¿Peces que acudan a tu red cuando el viento sopla en contra? Tengo un caramillo, y cuando lo toco, los mújoles acuden a la bahía. Pero tiene su precio, buen mozo, tiene su precio. ¿Qué necesitas? ¿Qué necesitas?¿Una tempestad que haga zozobrar a los navíos y arroje a la playa los cofres cargados de tesoros? Soy dueña de más tempestades que el viento, porque sirvo a quien es más poderoso que el viento, y con un cedazo y un cubo de agua, puedo hundir las grandes galeras en el fondo del mar. Pero pongo precio, buen mozo, pongo precio. ¿Qué necesitas? ¿Qué necesitas? Sé de una flor que crece sola en el valle; nadie sabe de ella más que yo. Tiene hojas purpúreas y una estrella en el centro; su jugo es blanco como la leche. Si tocas con ella los duros labios de la reina, te seguirá a todas partes. Del lecho del rey se levantará y, a través del mundo entero, te seguirá. Tiene su precio, buen mozo, tiene su precio. ¿Qué necesitas? ¿Qué necesitas? Puedo machacar un sapo en un mortero, hacer caldo con él y remover el caldo con la mano de un muerto. Riégalo sobre tu enemigo mientras duerme y se convertirá en negra víbora y su madre misma lo matará. Con una rueda puedo quitar del cielo la luna y en un cristal puedo mostrarte la muerte. ¿Qué necesitas? ¿Qué necesitas? Dime lo que deseas, te lo daré y me pagarás su precio, buen mozo, me pagarás su precio.

—Mi deseo es cosa de poca monta —dijo el joven pescador—, pero el sacerdote se ha indignado conmigo y me ha echado de su presencia. Es cosa de poco; los mercaderes se han burlado de mí y me lo han negado. Por eso acudo a ti, porque las gentes dicen que eres mala, y el precio que pidas te pagaré.

—¿Qué es lo que quieres? —preguntó la bruja, acercándose a él.

—Quiero deshacerme de mi alma —respondió el joven pescador.

La bruja palideció, se estremeció y escondió la cara en su manto azul.

—Buen mozo, buen mozo— murmuró—, es terrible cosa la que quieres.

Él sacudió sus negros bucles y se sonrió.

—Mi alma no es nada para mí —replicó—. No la veo. No la toco. No la conozco. Y me pesa como una losa.

—¿Qué me darás si lo consigo? —preguntó la bruja, mirándole con sus hermosos ojos.

—Cinco monedas de oro —dijo—, mis redes, la casa de cañas en la que vivo y la barca pintada en la que me hago a la mar. Dime sólo cómo puedo echar a mi alma de mí, y te daré todo lo que poseo.

Ella se sonrió burlonamente y le tocó la cara con el ramo de cicuta.

—Puedo convertir en oro las hojas de otoño —contestó— y tejer los rayos de luna hasta convertirlos en plata, si quiero. Aquel a quien sirvo es más rico que todos los reyes de este mundo y posee todos sus dominios.

—¿Qué te daré, pues —exclamó él—, si tu precio no es en oro ni en plata?

La bruja le tocó con su fina mano blanca la cabellera:

—Tienes que bailar conmigo, buen mozo —murmuró sonriendo.

—¿Nada más? —exclamó el joven pescador, y se puso inmediatamente en pie.

—Nada más —respondió ella, y le sonrió nuevamente.

—Entonces, bailaremos juntos al caer la tarde; en algún lugar secreto —dijo él—, y cuando hayamos bailado, me dirás lo que deseo saber.

Ella movió la cabeza:

—Cuando esté la luna llena, cuando esté la luna llena —murmuró.

Miró la bruja en torno y aguzó el oído atentamente. Un pájaro azul se levantó del nido y voló en círculos sobre las dunas; tres pájaros de plumaje jaspeado se agitaron dentro de la áspera hierba gris y silbaron entre sí. No había más ruido que el de las olas removiendo los pulidos guijarros de la playa. Extendió la mano y atrajo hacia sí al pescador y le murmuró al oído:

—Esta noche debes venir a la cima de la montaña —murmuró—. Es sábado, y «él» estará allí.

El joven pescador se sobresaltó y la miró, y ella le enseñó los blancos dientes y se rió.

—¿Quién es ése de quien hablas? —preguntó.

—No importa —respondió ella—. Ve esta noche y colócate bajo las ramas del ojaranzo y espera mi llegada. Si corre hacia ti un perro negro, pégale con una vara de sauce, y se marchará. Si te habla una lechuza, no le contestes. Cuando haya salido la luna estaré yo contigo y bailaremos juntos sobre el césped.

—Pero, ¿me juras decirme cómo podré librarme de mi alma? —interrogó él.

Salió la bruja hasta donde daba la luz del sol; y el viento ondeaba en sus rojos cabellos.

—Lo juro por las pezuñas del macho cabrío —respondió.

—¡Eres la mejor de las brujas! —exclamó el joven pescador—. Bailaré contigo esta noche en la cima de la montaña. Preferiría que me hubieras pedido oro y plata. Pero tendrás el pago que pides, porque es bien poca cosa.

Quitándose la gorra ante ella, le hizo un saludo inclinando la cabeza, y volvió corriendo a la ciudad, inundado de júbilo.

La bruja le vio irse, y cuando desapareció de su vista entró en su cueva, y sacando un espejo de una caja de cedro tallado, lo colocó en un marco, quemó verbena sobre las brasas de carbón de encina, miró en el espejo a través de los círculos del humo. Después de un rato, apretó el puño y dijo con ira:

—Debería haber sido mío; soy tan hermosa como la sirena.

Por fin llegó la noche, y cuando se levantó la luna, el joven pescador subió a la cima de la montaña, situándose bajo las ramas del ojaranzo. A sus pies, yacía el mar, como una faja de metal bruñido, y las sombras de las barcas pesqueras se deslizaban por la bahía. Una gran lechuza, de ojos amarillos de azufre, le llamó por su nombre, pero él no contestó. Un perro negro corrió a su encuentro y le gruñó. Pero el joven pescador le pegó con una vara de sauce, y el perro escapó ladrando.

A la medianoche, las brujas empezaron a llegar por el aire como murciélagos.

—¡Eh! —chillaban al tocar el suelo—, aquí hay alguien a quien no conocemos.

Olfateaban en torno suyo y charlaban entre sí, haciéndose señas. La joven bruja fue la última en llegar, con su cabellera roja ondeando al viento. Llevaba un traje tejido en oro, bordado con ojos de pavo real, y en la cabeza un gorro de terciopelo verde.

—¿Dónde está? ¿Dónde está? —gritaron las brujas al verla; pero ella no contestó; riéndose corrió hacia el ojaranzo, y tomando de la mano al pescador lo llevó al lugar en que más brillaba la luna, y se pusieron a bailar.

Giraban y giraban en redondo. La joven bruja saltaba tan alto que él podía distinguir los tacones rojos de sus zapatos. Luego, entre los danzantes, se oyó el ruido del galope de un caballo, pero ningún animal se veía, y el joven pescador tuvo miedo.

—¡Más aprisa! —gritó la bruja, echándole los brazos al cuello y el aliento cálido en el rostro—. ¡Más aprisa, más aprisa! —La tierra parecía girar bajo sus pies, su cerebro se nublaba. Un gran terror se apoderaba de él, terror como de algún mal que estuviese al acecho, y al fin se dio cuenta de que bajo la sombra de una roca había una silueta que antes no estaba allí.

Era un hombre vestido de terciopelo negro, a la usanza española. La cara, extrañamente pálida, pero sus labios rojos como flor escarlata. Parecía cansado, y se recostaba en la roca, como distraído, jugando con el pomo de su espada. En la hierba, junto a él, yacía un sombrero con penacho y un par de guantes de montar adornados con encaje de oro y recamados de aljófar entretejido. De sus hombros colgaba una capa corta con forro de marta. Sus manos blancas y delicadas lucían sortijas. Los ojos estaban medio cubiertos por los párpados.

El joven pescador le observó, como fascinado por un conjuro. Al fin, su mirada coincidió con la del desconocido, y cuando bailaba, le parecía tenerla clavada en él. Oyó a la bruja reírse, la tomó por la cintura, y giró y giró con ella de forma alocada.

De repente, se oyó el aullido de un perro en el bosque. Los danzarines suspendieron el baile y alejándose de dos en dos, se arrodillaron y besaron las manos de aquel hombre.

Al sentir el beso, una ligera sonrisa animaba sus labios orgullosos, como el ala de un ave roza el agua y la hace reír. Pero había desdén en aquella sonrisa. Su mirada se mantenía fija en el joven pescador.

—¡Ven! ¡Vamos a adorarlo! —murmuró la bruja, conduciéndolo hacia arriba. El deseo de hacer lo que le ordenaban se apoderó de él, y la siguió. Pero cuando estuvo cerca, sin saber por qué, se hizo la señal de la cruz sobre el pecho y pronunció el santo nombre.

Apenas lo hizo, las brujas se pusieron a chillar como halcones y huyeron. La cara pálida que le había estado mirando hizo un gesto de dolor. El hombre aquel se acercó a un bosquecillo y silbó. Una jaca, con arneses de seda, vino corriendo hacia él. Al saltar sobre la silla se volvió y miró con tristeza al joven pescador.

Y la bruja de los cabellos rojos trataba de huir también, pero el pescador la sujetó por las muñecas y la retuvo.

—¡Suéltame! —gritaba la bruja—. ¡Déjame! Has nombrado lo que no se debe nombrar y te has santiguado, cosa que no se puede ver.

—No —respondió él—, no te soltaré mientras no me digas el secreto.

—¿Qué secreto? —preguntó la bruja, luchando con él cual un gato montés, mordiéndose los labios, llenos de espuma.

—Ya lo sabes —contestó él.

Los ojos de la bruja, verdes como la hierba, se nublaron de lagrimas.

—¡Pídeme lo que quieras, menos eso!

Lanzó el pescador una carcajada y sujetó a la bruja aún con mayor fuerza.

Y ella, al ver que no podía verse libre de él, murmuró al oído del pescador:

—Realmente, soy tan hermosa como las hijas del mar, tan bella como las que moran en las aguas azules.

Y con zalamería acercaba su cara a la del joven.

Pero él la rechazó frunciendo el ceño, y le dijo:

—Si no cumples la promesa que me has hecho, te mataré como bruja engañosa.

La tez de ella se tornó grisácea como la flor del árbol de Judas y se estremeció.

—Sea —murmuró—. De tu alma se trata y no de la mía. Haz con ella lo que gustes.

Y sacó de su cinto un cuchillo pequeño con mango de piel de víbora verde y se lo dio.

—¿Para qué me servirá esto? —preguntó él, sorprendido.

La bruja permaneció callada durante breves instantes, reflejándose el terror en su rostro. Luego se pasó la mano por la frente para apartar los cabellos que caían sobre ella, y sonriendo de forma extraña, le dijo:

—Lo que los hombres denominan la sombra del cuerpo, no lo es; es el cuerpo del alma. Ponte en la orilla del mar, de espaldas a la luna, y corta de alrededor de tus pies, con el cuchillo, tu sombra, que es el cuerpo de tu alma, y ordena a tu alma que se aleje de ti, y lo hará.

El joven pescador tembló.

—¿Es eso cierto? —murmuró.

—Es cierto, y bien quisiera no habértelo dicho —contestó la bruja, abrazándose a sus rodillas, llorando.

Él la apartó lejos de sí y la dejó tendida sobre la hierba espesa; dirigiéndose hacia la ladera de la montaña se puso el cuchillo en el cinto y comenzó a descender.

Y su alma, que dentro de él vivía, le habló:

—Mira, he vivido contigo todos los años que tienes y he sido tu servidora. No me alejes de tu lado ahora. ¿Qué mal te he hecho?

El joven pescador lanzó una carcajada.

—No me has hecho ningún mal, pero no te necesito —respondió—. Ancho es el mundo y también hay cielo, hay infierno, y la mansión crepuscular entre los dos. Vete a donde quieras, pero no me molestes, porque el amor de mi sirena me llama.

Y el alma le rogó, apenada, pero él no le hizo el menor caso y fue saltando de roca en roca, con pie seguro, como el de las cabras montesas. Al fin llegó a terreno llano en la orilla del mar.

Robusto, de extremidades que parecían de bronce, cual estatua esculpida por un griego, se erguía sobre la arena de la playa, de espaldas a la luna. De la espuma surgían brazos blancos que le llamaban. De las olas se erguían formas vagas que le rendían homenaje. Frente a él yacía su sombra, que era el cuerpo de su alma. Detrás de él pendía la luna en el aire color dorado.

Y el alma le dijo:

—Si tienes que arrojarme de ti, no me dejes ir sin corazón. El mundo es cruel; dame tu corazón, para que lo lleve conmigo.

Sonriendo, movió él la cabeza.

—¿Con qué amaré a mi sirena si te doy el corazón? —dijo.

—Sé piadoso —insistió el alma—; dame tu corazón, porque el mundo es muy cruel, y tengo miedo.

—Mi corazón pertenece a mi amor —respondió él—; no insistas más, pues, y vete.

—¿No tengo que amar yo también? —preguntó el alma.

—¡Vete, que no te necesito! —gritó el joven pescador, y sacando del cinto el cuchillo de mango de víbora verde, cortó su sombra alrededor de los pies. Y la sombra se levantó del suelo y se irguió frente a él, le miró, y era igual a él.

El joven pescador retrocedió ante aquella silueta y se puso el cuchillo al cinto. Una sensación de terror se apoderó de él.

—Vete —dijo— y que no vuelva a verte.

—Eso no; hemos de vernos aún otra vez —dijo el alma.

La voz del alma era queda y sus labios apenas se movían al hablar.

—¿Qué quieres decir con que nos encontraremos otra vez más? —dijo el joven pescador—. ¿No pretenderás seguirme hasta el fondo del mar?

—Una vez al año volveré a este lugar y te llamaré —dijo el alma—. Tal vez me necesites.

—¿Para qué he de necesitarte? —dijo el joven pescador—. Bueno, sea como tú quieras.

Y se lanzó al agua. Los tritones soplaron en sus cuernos y la sirenita ascendió para recibirlo. Le rodeó el cuello con sus brazos y le besó en la boca.

Y el alma se quedó en la playa solitaria contemplándolos. Cuando se hundieron en el mar, se fue llorando por entre las marismas.

* * *

Transcurrió un año. El alma, como había quedado, fue hasta la orilla del mar y llamó al joven pescador. Él salió de las aguas y preguntó:

—¿Por qué me llamas?

Y el alma respondió:

—Acércate para que hable contigo, pues he visto cosas maravillosas.

Se aproximó él. Se acostó en el agua, cerca de la orilla y apoyó la cabeza en la mano para escuchar.

El alma le dijo:

«Cuando nos separamos me dirigí al Oriente y viajé. Del Oriente procede toda sabiduría. Durante seis días viajé, y a la mañana del séptimo llegué a una colina que está en el país de los tártaros. Me senté a la sombra de un arbusto para protegerme del sol. La tierra estaba reseca, quemaba por el calor. La gente iba y venía por la llanura como moscas que se agitan encima de un disco de cobre pulido.

»Cuando llegó la hora del mediodía, se levantó de la tierra una nube de polvo rojizo. Al verla, los tártaros pusieron tensos sus pintados arcos, saltaron sobre sus caballos y galoparon al encuentro de la nube. Las mujeres huyeron gritando, se metieron en los carros y se ocultaron detrás de las cortinas de fieltro.

»Al anochecer regresaron los tártaros, pero faltaban cinco de ellos, y entre los que volvieron, no pocos estaban heridos. Engancharon los caballos a los carros y se alejaron apresuradamente. Tres chacales salieron de una caverna y los miraron con atención. Luego olfatearon el aire con sus hocicos y se fueron trotando en dirección contraria.

»Cuando salió la luna, vi arder una hoguera en el llano, y me dirigí hacia ella. Los mercaderes de una caravana estaban sentados en torno a ella, sobre alfombras. Sus camellos estaban atados detrás, y los negros que les servían de criados plantaban tiendas de cuero en la arena y formaban con chumberas un seto alto.

»Al aproximarme a ellos, se levantó el jefe de los mercaderes, desenvainó su espada y me preguntó qué quería.

»Le respondí que yo era príncipe en mi tierra natal, y que había huido de los tártaros, los cuales habían pretendido esclavizarme. El jefe sonrió y me mostró cinco cabezas clavadas en la punta de largas cañas de bambú.

»Luego me preguntó quién era el profeta del Señor, y le dije que era Mahoma.

»Al oír el nombre del falso profeta inclinó la cabeza y tomándome de la mano me colocó junto a él. Un negro me trajo leche de yegua en una vasija de madera y un trozo de carnero asado.

»Al amanecer emprendimos el viaje. Yo cabalgaba sobre un camello de pelo rojizo, junto al jefe, y un guía iba delante de nosotros blandiendo su lanza. Los guerreros iban a uno y otro lado siguiendo las mulas cargadas de mercancías. Había cuarenta camellos en la caravana y las mulas eran el doble.

»Pasamos del país de los tártaros al país de los que maldicen la luna. Vimos los grifos que custodian su oro en las rocas blancas y los dragones escamosos que duermen en sus cuevas. Al atravesar las montañas contuvieron el aliento, para impedir que las nieves rodasen sobre nosotros. Cada uno se ató un velo de gasa delante de los ojos. Al atravesar los valles, los pigmeos nos dispararon dardos desde los huecos de los árboles, y en la noche oíamos a los salvajes tocar sus tambores. Cuando llegamos frente a la torre de los Monos, pusimos frutas delante de ellos, dejándonos pasar sin hacernos daño. Cuando llegamos frente a la torre de las Serpientes, les dimos leche tibia en tazas de bronce, dejándonos pasar también. Tres veces, durante nuestro viaje, llegamos a las orillas del Oxo. Lo cruzamos sobre balsas de madera con grandes vejigas de piel hinchada. Los hipopótamos se enfurecieron con nosotros y trataron de matarnos, pero se atemorizaron al ver a los camellos.

»Los reyes de cada ciudad por donde pasábamos nos cobraban impuestos, pero no nos permitían entrar en ellas. Nos arrojaban pan desde las murallas, tortas de maíz cocidas con miel y tortas de harina fina llenas de dátiles. Por cada cien cestos les dábamos una cuenta de ámbar.

»Cuando los habitantes de las aldeas nos veían venir envenenaban los pozos y huían a la cima de las colinas. Luchamos contra los magadas, que nacen viejos y se vuelven jóvenes con los años, y mueren cuando se han convertido en niños pequeños; con los lactros, que se dicen hijos de tigres y se pintan de amarillo y de negro, y con los aurantes, que ponen a sus muertos en las copas de los árboles y viven en cavernas oscuras, temiendo que el sol, que es su dios, los mate; con los crimnios, que veneran a un cocodrilo y le dan aros de vidrio verde y le alimentan con mantequilla y aves acabadas de matar; con los agazombas, que tienen cara de perro; con los sibanos, que tienen patas de caballo y corren más veloces que los propios caballos. Una tercera parte de los nuestros murió en las batallas, y otra tercera murió de hambre. Los restantes murmuraban en contra mía, diciendo que yo les había traído mala suerte. Saqué de debajo de una piedra una culebra venenosa de cuernos y dejé que me picara. Al ver que aquella picadura no me causaba el menor daño, se asustaron.

»Al cuarto mes llegamos a la ciudad de Illel. Era de noche cuando llegamos a la arboleda, que está fuera de las murallas. El aire estaba sofocante porque la luna viajaba junto a Escorpión. Tomamos las granadas maduras de los árboles y las partimos, bebiendo su dulce jugo. Después nos sentamos en nuestras alfombras y esperamos la aurora.

»A la aurora nos levantamos y llamamos a la puerta de la ciudad. La puerta era de bronce rojizo y tenía esculpidos dragones marinos y dragones alados. Los guardias nos miraron desde las almenas y nos preguntaron qué queríamos. El intérprete de la caravana respondió que veníamos de la isla de Siria con mucha mercancía. Tomaron rehenes, diciéndonos que abrirían la puerta al mediodía, que esperásemos hasta entonces.

»Cuando fue mediodía abrieron la puerta. Al entrar nosotros, la gente salía de sus casas y se agolpaba a vernos. Un pregonero daba la vuelta por la ciudad, gritando a través de una caracola. Nos detuvimos en la plaza del mercado y los negros desataron los fardos de telas pintadas y abrieron los tallados cofres de sicómoro. Cuando terminaron los negros su tarea, los mercaderes sacaron sus extrañas mercaderías, el lienzo encerado de Egipto, el lienzo pintado del país de los etíopes, las esponjas purpúreas de Tiro y las colgaduras azules de Sidón, los jarrones de frío ámbar, las finas vasijas de cristal y las curiosas vasijas de barro cocido. Desde el tejado de una casa nos observaban unas mujeres. Una de ellas llevaba una careta de cuero dorado.

121

»El primer día, los sacerdotes vinieron y negociaron con nosotros, al segundo día vinieron los nobles, y al tercer día vinieron los artesanos y los esclavos. Así acostumbran a hacer con los mercaderes mientras permanecen en la ciudad.

»Nos quedamos allí durante todo un ciclo lunar. Cuando la luna iba en menguante, me sentí hastiado y me lancé a vagar por las calles de la ciudad, llegando al jardín del dios de ellos. Los sacerdotes, con vestimentas amarillas, se movían silenciosamente a través de los verdes árboles. Sobre pavimento de mármol negro se levantaba la casa, de color entre rojo y rosado, en que tenía su morada el dios. Sus puertas eran de laca, con toros y pavos reales de oro repujado y bruñido. El tejado era de tejas de porcelana verde mar, y el saliente alero estaba festoneado de campanitas. Cuando volaban junto a él las palomas blancas, rozaban con las alas las campanitas y las hacían tintinear.

»Enfrente del templo había un estanque de agua clara con baldosas de ónix veteado. Me senté al borde y con mis dedos pálidos toqué las anchas hojas de las plantas. Uno de los sacerdotes vino hacia mí y se detuvo detrás. Llevaba sandalias en los pies, una de suave piel de serpiente y la otra de plumaje de pájaros. Sobre la cabeza llevaba una mitra de fieltro negro decorado con medias lunas de plata. Siete amarillos diferentes estaban tejidos en su vestimenta, y su rizada cabellera estaba teñida con antimonio.

»Después de un momento me habló y me preguntó qué deseaba.

»Le dije que mi deseo era ver al dios.

»—El dios está cazando —dijo el sacerdote, mirándome de un modo extraño, con sus pequeños ojos oblicuos.

»—Dime en qué bosque y cazaré con él —le respondí.

»Alisó los suaves pliegues de su túnica con sus largas uñas puntiagudas.

»—El dios está durmiendo —murmuró.

»—Dime en qué lecho y velaré junto a él —respondí.

»—¡El dios está en el banquete! —exclamó.

»—Si el vino es dulce, beberé con él, y si es amargo, también beberé con él —fue mi respuesta.

»Inclinó la cabeza con asombro, y tomándome de la mano me hizo levantar y me llevó al templo.

»Y en la primera cámara vi un ídolo, sentado en trono de jaspe orlado de grandes perlas de fino oriente. Estaba esculpido en ébano, y la estatura de un hombre. En su frente había un rubí. Aceite espeso goteaba desde su cabello hasta los muslos. Sus pies estaban rojos de la sangre de un cabrito, inmolado poco antes, y su talle ceñido por un cinturón de cobre adornado con siete berilos.

»Y dije al sacerdote:

»—¿Es éste el dios?

»Y me contestó:

»—Éste es el dios.

»—¡Muéstrame al dios —le grité—, o te mato!

»Y le toqué la mano y su mano se secó.

»Y el sacerdote me rogó, diciendo:

»—Cure, mi señor, a su siervo y le mostraré al dios.

»Soplé con mi aliento sobre su mano y se puso sano de nuevo. Él tembló, vi un ídolo, en pie sobre un loto de jade, y me condujo a la segunda cámara. Ornado de grandes esmeraldas, estaba el dios esculpido en marfil. Su estatura era doble que la de un hombre. En la frente llevaba un crisólito, y el pecho estaba untado de mirra y cinamomo. En una mano sostenía un cetro de jaspe curvo y en la otra un cristal redondo. Tenía contorno de bronce, y alrededor de su gruesa garganta se veía un collar de selenitas.

»Y dije al sacerdote:

»—¿Éste es el dios?

»Y me contestó:

»—Éste es el dios.

»—¡Muéstrame al dios o te mato! —le grité.

»Y le toqué los ojos y quedó ciego.

»El sacerdote me rogó, diciendo:

»—Cure, mi señor, a su siervo y le mostraré al dios.

»Soplé, pues, con mi aliento sobre sus ojos y recobraron el don de la vista. El sacerdote tembló de nuevo y me llevó a la tercera cámara, y, ¡oh, asombro!, en ella no se veía ningún dios, ni imagen de ninguna especie, sino únicamente un espejo redondo de metal colocado sobre un altar de piedra.

»Y dije al sacerdote:

»—¿Dónde está el dios?

»Él me respondió:

»—No hay más dios que el espejo que ves, porque es el espejo de la sabiduría. Refleja todas las cosas que hay en el cielo y en la tierra, excepto el rostro del que en él se mira. No refleja la cara, para que sea sabio el que en él mira. Muchos otros espejos hay, pero son espejos de opinión. Sólo éste es el espejo de la sabiduría. Los que poseen este espejo lo saben todo, y no hay nada que se les esconda. Los que no lo poseen no poseen la sabiduría. Por eso es dios y lo veneramos.

»Y miré en el espejo y era tal como el sacerdote me lo había dicho.

»Y yo hice una cosa particular —cualquiera—, y tengo oculto en un valle que se halla apenas a un día de distancia de aquí el espejo de la sabiduría. Permíteme que vuelva a reunirme contigo y a servirte. Serás más sabio que todos los sabios; poseerás la sabiduría. Permíteme volver a ti y nadie será tan sabio como tú.»

Pero el joven pescador lanzó una carcajada.

—El amor es mejor que la sabiduría —dijo—, y la sirenita me ama.

—No, no hay nada mejor que la sabiduría —dijo el alma.

—El amor es mejor —replicó el joven pescador, sumergiéndose en las profundidades del agua, y el alma se fue llorando entre las marismas.

* * *

Transcurrió el segundo año, y el alma volvió a la orilla del mar. Llamó al joven pescador, volviéndo éste a surgir de las aguas y preguntó:

—¿Qué me quieres?

Y el alma respondió:

—Acércate más para que pueda hablar contigo, porque he visto cosas maravillosas.

El joven pescador se acercó y se acostó en el agua, cerca de la orilla, apoyando la cabeza en una mano, y escuchó.

El alma le dijo:

«Cuando me fui de aquí el año pasado, volví rumbo al Sur y viajé. Del Sur viene toda cosa preciosa. Seis días viajé por los caminos reales que conducen a la ciudad de Asther, por los rojizos y polvorientos caminos reales donde desfilan los peregrinos viajé. A la mañana del séptimo día levanté los ojos y, ¡oh, asombro!, la ciudad yacía a mis pies, porque está en un valle.

»La ciudad tiene nueve puertas, y frente a cada una de ellas hay un caballo de bronce que relincha cuando los beduinos bajan de las montañas. Las murallas están revestidas de cobre, y las torres de los centinelas protegidas de tejados de bronce. En cada torre hay un arquero con un arco en la mano. Al salir el sol dispara una flecha contra un "tan-tan", y al ponerse el sol toca un cuerno.

»Cuando intenté penetrar, los guardias me detuvieron y me preguntaron quién era yo. Les contesté que era un derviche que iba hacia La Meca, donde había un velo verde sobre el cual manos de ángeles habían bordado el Corán en letras de plata. Se llenaron de asombro y me dejaron pasar.

»Dentro, aquello era como un inmenso bazar. Verdaderamente, deberías haberme acompañado. A través de las estrechas calles, los alegres farolillos de papel se agitaban como grandes mariposas. Cuando sopla el viento sobre los tejados se levantan y caen como burbujas de colores. Delante de sus puestos están sentados los mercaderes en alfombras de seda. Llevan largas barbas negras, y los turbantes cubiertos de zequíes de oro. Con los fríos dedos mueven largas sartas de ámbar y huesos de melocotón labrados. Unos venden nardos y curiosos perfumes de las islas del océano Índico, espeso aceite de rosas rojas, mirra, florecillas de clavo. Cuando alquien se para a hablar con ellos, echan granos de incienso en un brasero de carbón de encina y perfuman el aire. Vi a un sirio que tenía en las manos una vara delgada como un junco. Hilos grises de humo subían de ella y su olor, al quemarse, era semejante al olor de los almendros rosados en primavera. Otros venden brazaletes de plata realzados con turquesas de azul intenso, ajorcas de hilo de bronce con orla de aljófar, uñas de tigre engastadas en oro, uñas de gato dorado que llaman leopardo, engastadas también en oro, pendientes de esmeraldas agujereadas y anillos de jade. De las casas de té salían acordes de guitarra y en ellas los fumadores de opio, con sus blancas caras sonrientes, miraban a los que pasaban.

»Verdaderamente, deberías haberme acompañado. Los vendedores de vino se abren paso entre la multitud con grandes pellejos negros a la espalda. Algunos de ellos venden vino de Shiraz, dulce como la miel. Lo sirven en tacitas y riegan sobre él pétalos de rosa. En el mercado están los fruteros, que venden toda especie de frutas: higos maduros, de pulpa rojiza; melones, que huelen a almizcle y son amarillos como topacios; cidras, pomarrosas, racimos de uvas blancas, naranjas redondas de oro rojizo, y limones ovalados, de oro verdoso. Una vez vi pasar a un elefante. Tenía la trompa pintada con bermellón y cúrcuma, y en las orejas, una red tejida con hilo de seda carmesí. Se detuvo frente a uno de los puestos y comenzó a comer naranjas. El dueño no hacía más que reírse. No puedes figurarte lo raras que son esas gentes. Cuando están contentos, van en busca de los vendedores de pájaros y les compran un pájaro enjaulado, dándole después libertad para sentirse más felices. Cuando están tristes, se azotan con ramas de espino para que su tristeza no disminuya.

»Una noche encontré a unos negros que llevaban un pesado palanquín a través del bazar. Era de bambú dorado, y las varas de laca bermeja tachonadas de pavos reales de bronce. En las ventanillas colgaban visillos tenues de muselina bordada con alas de escarabajos y aljófar diminuto. Cuando pasó ante mí, una circasiana de rostro pálido miró al exterior y me sonrió. La seguí y los negros apretaron el paso, gruñendo. Pero eso no me importó. Se apoderó de mí una vivísima curiosidad.

»Al fin se detuvieron ante una casa blanca cuadrada. No había en ella ventanas: sólo una puertecita como la entrada de una tumba. Dejaron en el suelo el palanquín y golpearon tres veces con un aldabón de cobre. Un armenio, con caftán de cuero verde, miró por la mirilla, y cuando los vio les abrió. Tendió una alfombra en el suelo y la mujer salió del palanquín. Al entrar se volvió y me sonrió nuevamente. Nunca había yo visto una cara tan pálida.

»Cuando salió la luna volví a aquel lugar y busqué la casa, pero ya no se encontraba allí. Al ver eso, comprendí quién era la mujer y por qué me había sonreído.

»Verdaderamente, deberías haberme acompañado. En la fiesta de la Luna Nueva, el joven emperador salió de su palacio yendo a la mezquita a rezar. Sus cabellos y sus barbas estaban teñidos con pétalos de rosa, y sus mejillas empolvadas con polvo de oro. Las palmas de sus manos y las plantas de sus pies, estaban amarillas, teñidas con azafrán.

»Al amanecer salió de su palacio con vestimenta de plata, y al anochecer volvió con vestimenta de oro. Las gentes se echaban al suelo y ocultaban la cara a su paso, pero yo no lo hice. Me detuve junto al puesto de un vendedor de dátiles y esperé. Cuando el emperador me vio enarcó sus pintadas cejas y se detuvo. Me quedé inmóvil y no le hice la reverencia. La gente se maravillaba de mi audacia y me aconsejaba que huyera de la ciudad. No les hice caso, sino que me fui a sentar con los vendedores de ídolos extranjeros, que son odiados a causa de su comercio. Cuando les dije lo que había hecho, cada uno de ellos me dio un ídolo y me rogó que me fuera de allí.

»Por la noche, cuando yacía yo sobre cojines en una casa de té que está en la calle de las Granadas, los guardias del emperador entraron y me llevaron a palacio. Al trasponer el umbral de cada puerta, la cerraban y le ponían una cadena. En el interior del edificio había un gran patio con una arquería alrededor. Los muros eran de alabastro blanco, en el que aparecían incrustados aquí y allá azulejos verdes y azules. Los pilares eran de mármol, color de melocotón. Nunca había visto yo nada semejante.

»Al cruzar el patio, dos mujeres cubiertas con velo miraron desde un balcón y me maldijeron. Los guardias apresuraron el paso y el cuenco de las lanzas sonaba sobre el lustroso pavimento. Abrieron una puerta de marfil labrado, y me encontré en un bien regado jardín con siete terrazas. Estaba plantado con tulipanes, grandes margaritas y aloes plateados. Como un fino canuto de cristal, se veía una fuente en la oscuridad. Los cipreses semejaban antorchas que se habían consumido. En uno de ellos cantaba un ruiseñor.

»En el fondo del jardín había un pequeño pabellón. Al aproximarnos a él, dos eunucos salieron a nuestro encuentro.

Sus gruesas figuras se balanceaban al andar y nos dirigían miradas curiosas con sus ojos de párpados amarillentos. Uno de ellos llamó al capitán aparte y le habló en voz baja. El otro masticaba pastillas aromáticas, que sacaba de una caja ovalada de esmalte lila, con gran afectación.

»Luego de unos momentos, el capitán de la guardia despidió a los soldados. Volvieron a palacio; los eunucos marchaban lentamente tras ellos, y al pasar arrancaban moras dulces de los árboles. En una ocasión, el más viejo de los dos eunucos volvió la cabeza y me dirigió una sonrisa perversa.

»El capitán de la guardia me indicó que me dirigiera a la entrada del pabellón. Me adelanté sin vacilar, descorrí la pesada cortina y entré.

»El joven emperador se hallaba echado en un lecho de pieles de león, y tenía un gerifalte posado en la mano. Detrás de él estaba un nubio con turbante, desnudo hasta la cintura y con pesados aros en las agujereadas orejas. Sobre una mesa, junto al lecho, había una gran cimitarra de acero.

»Cuando me vio el emperador frunció el ceño y me dijo:

»—¿Cómo te llamas? ¿Sabes que soy el emperador de esta ciudad?

»Pero yo no le contesté.

»Señaló la cimitarra con el dedo, y el nubio la agarró. Se abalanzó sobre mí y descargó un violento golpe. La hoja me atravesó sin hacerme daño. El nubio cayó de bruces en el suelo. Al levantarse le castañeteaban los dientes de terror y se ocultó detrás del lecho.

»El emperador se puso en pie de un salto, echó mano de una lanza que había en un asillero y me la arrojó. La atrapé al vuelo y partí en dos el astil. Me disparó una flecha, pero yo levanté la mano y la detuve en el aire. Entonces sacó de su cinturón la daga, y con ella mató al esclavo nubio, para que no contara su deshonor. El nubio se retorció como una serpiente pisoteada, y de sus labios brotó espuma roja.

»Apenas muerto el nubio, se volvió hacia mí el emperador, y después de secarse con un pañuelo de seda purpúrea las gotas de sudor que le corrían por la frente, me dijo:

»—¿Eres, acaso, algún profeta y no debo hacerte daño, o el hijo de algún profeta y no puedo herirte? Te ruego que abandones la ciudad esta misma noche, porque mientras estés en ella no soy su señor.

»Y yo le contesté:

»—Me iré si me das la mitad de tus tesoros. Dame la mitad de tus tesoros y me marcharé.

»Me tomó de la mano y me condujo al jardín. Cuando me vio el capitán de la guardia se quedó maravillado. Cuando los eunucos me vieron, les temblaron las rodillas y cayeron al suelo, aterrados.

»Hay una cámara en palacio que tiene ocho muros de pórfido rojo y techo con artesonado de bronce, del cual penden arañas. El emperador tocó uno de los muros y se abrió. Atravesamos un corredor iluminado por multitud de antorchas. A cada lado, en nichos, había grandes tinajas de vino llenas de monedas de plata hasta arriba. Cuando llegamos al centro del corredor el emperador dijo la palabra que nunca debe pronunciarse, y una puerta de granito giró sobre sus goznes secretos. Él se cubrió la cara con las manos para no deslumbrarse.

»No es posible imaginar la magnificencia de aquel lugar. Había enormes caparazones de tortuga llenos de perlas y grandes selenitas huecas en donde se amontonaban los rubíes. El oro estaba almacenado en cofres de piel de elefante y el polvo de oro, en botellas de cuero. Había ópalos y zafiros, aquéllos en tazas de cristal, éstos en tazas de jade. Había esmeraldas redondas dispuestas en hileras sobre delgados platos de marfil, y en un rincón había sacos de seda llenos de turquesas los unos, de berilos los otros. Los cuernos de marfil estaban atestados de amatista purpúrea, y los cuernos de bronce atestados de calcedonias y sardios. De los pilares, que eran de cedro, colgaban sartas de belóculos amarillos. Sobre escudos ovalados y planos había carbunclos, unos color de vino, otros color de hierba. Y no te cuento sino una décima parte de lo que allí había.

»Y cuando el emperador se apartó las manos de la cara, me dijo:

»—Esta es mi sala de tesoros, la mitad de lo que aquí hay es tuyo, como te prometí. Te daré camellos y camelleros, harán lo que les pidas, te llevarán tu parte a cualquier parte del mundo adonde desees llevártela. Se hará esta noche, porque no quiero que el sol, que es mi padre, vea que hay en mi ciudad un hombre a quien no consigo matar.

»Pero yo le respondí:

»—Tuyo es el oro que hay aquí, tuya también la plata, tuyas las piedras preciosas y las cosas de valor. Yo no las necesito. No me llevaré nada tuyo, exceptuando ese pequeño anillo que llevas en el dedo.

»Y el emperador frunció el ceño.

»—No es más que un anillo de plomo —dijo—, y no tiene ningún valor. Llévate la mitad de mis tesoros y vete de mi ciudad.

»—No —le contesté—; no me llevaré más que ese anillo de plomo, porque sé lo que lleva escrito y para qué.

»El emperador tembló, y me rogó, diciendo:

»—Llévate todo el tesoro y vete de mi ciudad. La mitad, que es mía, será tuya también.

»Entonces hice una cosa particular, pero no importa saber qué fue, porque en una caverna que está apenas a un día de camino de aquí he escondido el anillo de la riqueza. Está apenas a un día de camino de aquí, y espera tu llegada. El que posea el anillo será más rico que todos los reyes de la tierra. Ven, pues, tómalo y las riquezas del mundo serán tuyas.»

Pero el joven pescador lanzó una carcajada.

—El amor es mejor que la riqueza —dijo—; la sirenita me ama.

—No, no hay nada mejor que la riqueza —dijo el alma.

—El amor es mejor —respondió el joven pescador, sumergiéndose en las aguas. El alma se fue llorando por entre las marismas.

* * *

Y cuando llegó el tercer año, el alma volvió a la orilla del mar y llamó al joven pescador. Él volvió a salir de las aguas y preguntó:

—¿Por qué me llamas?

Y el alma le respondió:

—Acércate más para que pueda hablar contigo, porque he visto cosas maravillosas.

El joven pescador se acercó, se acostó en el agua, cerca de la orilla, apoyó la cabeza en la mano y escuchó.

Y el alma le dijo:

—En una ciudad que conozco hay una posada cerca de un río. Allí estuve con marineros que bebían vinos de dos colores diferentes y comían pan de cebada y pececillos salados servidos en hojas de laurel con vinagre. Cuando estábamos allí sentados divirtiéndonos, entró un anciano con una alfombra de piel y un laúd que tenía dos cuernos de ámbar. Cuando dejó extendida en el suelo la alfombra, tocó con una pluma de ave las cuerdas de alambre de su laúd, una muchacha con la cara cubierta por un velo entró corriendo y se puso a bailar ante nosotros. Su rostro se cubría con velo de gasa, pero sus pies estaban desnudos. Desnudos estaban sus pies y se movían sobre la alfombra como si fueran palomas blancas. Nunca he visto cosa tan maravillosa. La ciudad en la que baila está a un día de camino de aquí.

Cuando el pescador oyó las palabras de su alma, recordó que la sirenita no tenía pies, y no podía bailar. Un gran deseo se apoderó de él, y se dijo:

—No es más que un día de camino y puedo regresar a reunirme con mi amor.

Y lanzó una carcajada y se puso en pie dentro del agua, dirigiéndose a la orilla.

Y cuando llegó a arena seca, lanzó otra carcajada y tendió los brazos al alma. El alma dio un grito de alegría y corrió hacia él, penetró en él, el joven pescador vio formarse ante sí, en la arena de la playa, aquella sombra del cuerpo, que es el cuerpo del alma.

Y su alma le dijo:

—No tardaremos; vámonos de aquí, porque los dioses del mar son celosos y tienen a sus órdenes monstruos que hacen lo que ellos les pidan.

* * *

Se alejaron de allí más que aprisa. Viajaron toda la noche bajo la luz de la luna, y todo el día siguiente bajo el calor del sol; al anochecer llegaron a una ciudad.

El joven pescador le dijo a su alma:

—¿Es ésta la ciudad donde baila aquélla de quien me hablaste?

Y su alma le respondió:

—No es ésta la ciudad, sino otra, pero entremos en ésta.

Entraron y atravesaron las calles. Al pasar por la calle de los Joyeros, el joven pescador vio una preciosa copa de plata que se exhibía para la venta. Su alma le dijo:

—Toma esa copa y escóndela.

El joven pescador tomó la copa y la escondió entre los pliegues de su túnica y salieron apresuradamente de la ciudad.

Y cuando llevaban caminada una legua, el joven pescador frunció el ceño y arrojó la copa lejos de sí, diciéndole al alma:

—¿Por qué me dijiste que robara la copa y la escondiera, si con ello cometí una mala acción?

Pero su alma le contestó:

—Tranquilízate, tranquilízate.

Y al anochecer del día siguiente llegaron a una ciudad. El joven pescador dijo a su alma:

—¿Es ésta la ciudad donde baila aquélla de quien me hablaste?

Y su alma le contestó:

—No es ésta la ciudad, sino otra. Pero entremos en ésta.

Entraron y atravesaron las calles. Al pasar por la calle de los Vendedores de Sandalias, el joven pescador vio a un niño en pie junto a un cántaro de agua.

Y su alma le dijo:

—Pégale a ese niño.

El joven pescador le pegó hasta que se echó a llorar, saliendo enseguida de la ciudad apresuradamente.

Y cuando llevaban una legua caminada, el joven pescador se encolerizó y dijo a su alma:

—¿Por qué me dijiste que pegara a aquel niño, si con ello cometía una mala acción?

Pero el alma le contestó:

—Tranquilízate, tranquilízate.

Y al anochecer del tercer día llegaron a una ciudad y el joven pescador preguntó a su alma:

—¿Es ésta la ciudad donde baila aquélla de quien me hablaste?

Y su alma le contestó:

—Tal vez sea ésta; entremos.

Entraron y atravesaron las calles; pero en ninguna parte pudo el joven pescador hallar el río ni la posada cerca de él. La gente de la ciudad le miraba con curiosidad. Él sintió miedo y le dijo a su alma:

—Vámonos, porque la bailarina de los pies blancos no está aquí.

Pero su alma le contestó:

—No, quedémonos porque la noche está oscura y habrá ladrones por el camino.

Entonces el joven pescador se sentó a descansar en la plaza del mercado; poco después pasó un mercader encapuchado con manto de tela de Tartaria y linterna de cuero agujereado, suspendida de una caña nudosa. El mercader le dijo:

—¿Por qué te sientas en la plaza del mercado, si las tiendas se cerraron ya y están atados los fardos de mercancías?

Y el joven pescador le respondió:

—No hallo posada en la ciudad, ni tengo pariente que me dé asilo.

—¿No somos todos hermanos? —dijo el mercader—. ¿No somos todos criaturas de Dios? Ven conmigo que tengo habitación para invitados.

Y el joven pescador se levantó y siguió al mercader a su casa. Después de atravesar un jardín de granados y de entrar en la morada, el mercader le trajo agua de rosas en taza de cobre para que se lavara las manos, melones maduros para que aplacara su sed, le puso delante un plato de arroz y un trozo de cabrito asado.

Y cuando terminó, el mercader le llevó a su habitación, que era para invitados, despidiéndose de él, deseándole un buen sueño. Y el joven pescador le dio las gracias y le besó el anillo que llevaba en la mano, acostándose sobre las alfombras de pelo de cabra. Después de cubrirse con una piel de lana de carnero, se quedó dormido.

Y tres horas antes de que amaneciera, cuando aún era de noche, su alma le despertó y le dijo:

—Levántate y ve al aposento del mercader, al aposento en que duerme y mátale, quítale su oro, porque lo necesitamos.

Y el joven pescador se levantó y se deslizó sin hacer ruido hacia el aposento del mercader. A sus pies se veía un alfanje curvo, y en la bandeja, junto a él, había nueve bolsas de oro. El joven pescador extendió la mano y tocó el alfanje; al tocarlo se despertó el mercader, y saltando de la cama se apoderó del alfanje, gritando:

—¿Devuelves mal por bien y pagas con derramamiento de sangre la bondad que tuve para contigo?

Y el alma le dijo al joven pescador:

—¡Mátale!

Y él golpeó al mercader hasta dejarlo desmayado, y entonces, apoderándose de las nueve bolsas de oro, huyó a través del jardín de granados y corrió de cara al lucero de la mañana.

Y cuando llevaban caminada una legua fuera de la ciudad, el joven pescador se golpeó el pecho y le dijo a su alma:

—¿Por qué me ordenaste matar al mercader y robarle su oro? En verdad, eres mala.

Pero su alma le dijo:

—Tranquilízate, tranquilízate.

—No —dijo el joven pescador—, no me tranquilizaré, porque odio todo lo que me has ordenado hacer. A ti también te odio, y te ordeno que me digas por qué has procedido así conmigo.

—Cuando me abandonaste y me lanzaste al mundo no me diste corazón; así es que aprendí a hacer todas esas cosas y a que me gustaran.

136

—¿Qué dices? —murmuró el joven pescador.

—Lo sabes —contestó el alma—, lo sabes perfectamente. ¿Has olvidado que no me diste corazón? Seguro que no. No me molestes ni te desazones; tranquilízate, porque no habrá dolor que no arrojes lejos de ti ni placer que no acojas.

Y cuando el joven pescador oyó estas palabras, se puso a temblar y dijo a su alma:

—No; eres mala, me has hecho olvidar a mi amor, me has tentado y has guiado mis pies por caminos de pecado.

Y su alma le respondió:

—No; has olvidado que cuando me lanzaste al mundo no me diste corazón. Vámonos, vámonos a otra ciudad y divirtámonos, porque tenemos nueve bolsas de oro.

Pero el joven pescador arrojó al suelo las bolsas de oro y las pisoteó.

—¡No! —gritó—. No quiero tener nada que ver contigo, ni he de viajar contigo más, sino que te arrojaré de mí como antes, te arrojaré lejos de mí ahora mismo, porque no me has traído nada bueno.

Y se puso de espaldas a la luna y con el cuchillo de piel de víbora verde trató de cortar de alrededor de sus pies aquella sombra del cuerpo que es el cuerpo del alma.

Pero su alma no se separó de él ni prestó atención a su mandato, sino que le dijo:

—El hechizo que te dijo la bruja no te sirve ya, no puedo abandonarte ni tú puedes arrojarme de ti. Sólo una vez en su vida el hombre puede separarse de su alma, y el que la recibe de nuevo tiene que conservarla para siempre; ése es su castigo y su premio.

Y el joven pescador palideció, crispó los puños y gritó:

—¡Aquella bruja era una mala bruja, puesto que no me advirtió eso!

—No —replicó el alma—; la bruja fue fiel a aquel a quien venera y a quien servirá siempre.

Y cuando el joven pescador supo que no podía liberarse de su alma, que era alma perversa y viviría siempre con él, se arrojó al suelo llorando amargamente.

Al llegar el nuevo día, el joven pescador se levantó y dijo a su alma:

—Ataré mis manos para no obedecerte, y cerraré mis labios para no decir las palabras que me dictes, volveré al lugar donde mora aquélla a quien amo. Volveré al mar, y a la bahía donde canta ella, la llamaré, le contaré el daño que me has hecho.

Y su alma le tentó, diciéndole:

—¿Qué vale ese amor tuyo para que quieras volver a él? El mundo posee mujeres mucho más hermosas. Están las bailarinas de Samaria, que bailan del modo que lo hacen todos los pájaros y todos los animales. Sus pies están teñidos con alheña, y llevan campanillas de cobre en las manos. Se ríen al bailar, y su risa es clara como la risa de las aguas. Ven conmigo y te las mostraré. ¿Qué escrúpulos son esos a propósito del pecado? Lo que es agradable al paladar, ¿no se ha hecho para que lo comamos? ¿Hay, acaso, veneno en lo que es dulce de beber? No te tortures y ven conmigo a otra ciudad. Hay una ciudad pequeña cerca de aquí, y en ella hay un jardín de tulipanes. En aquel hermoso jardín moran los pavos reales, unos son blancos y otros tienen el pecho azul. Sus colas, cuando se abren al sol, son como discos de marfil y de oro. La que les da de comer baila para divertirlos; a veces baila sobre las manos y otras veces baila sobre los pies. Sus ojos llevan pintura de antimonio y las aletas de la nariz tienen forma de alas de golondrina. De una de ellas cuelga una flor que es una perla cincelada. Ríe mientras baila, y las ajorcas de plata de sus tobillos tintinean como campanas de plata. No te tortures más, y ven conmigo a la ciudad.

Pero el joven pescador no contestó a su alma; cerró sus labios con el sello del silencio y ató sus manos con cuerda fuerte y se puso en marcha hacia el lugar de donde había venido, hacia la bahía donde solía cantar su amor. Y durante el camino, su alma le tentó sin cesar, pero él no le respondía ni hacía ninguna de las cosas que le sugería: tanto era el poder del amor que en él vivía.

Y cuando llegó a la orilla del mar, desató la cuerda de sus manos y quitó de sus labios el sello del silencio, llamando a la sirenita. Pero ella no acudió a su llamada, aunque él la llamó todo el día, suplicándole.

Y su alma se burlaba de él y decía:

—En verdad, bien puede decirse que tu amor te proporciona muy poco placer. Eres como aquel que en tiempo de sequía quiere guardar agua en recipientes rotos. Regalas lo que tienes y nada recibes a cambio. Mejor sería que te vinieras conmigo, porque sé dónde está el valle del Placer y las cosas que allí se hacen.

Pero el joven pescador no contestaba al alma. En la quebrada de la roca se fabricó una choza de cañas, y allí vivió durante un año. Cada mañana llamaba a la sirenita, cada mediodía la llamaba, cada noche pronunciaba su nombre. Pero nunca salió ella del mar para reunirse con él, ni pudo hallarla en ninguna parte, aunque la buscó en las cavernas y en el agua verde, en los remansos de la corriente y en los pozos que están en el fondo de las regiones profundas.

Y su alma le tentaba sin cesar y le susurraba cosas terribles. Pero no pudo con él: tan grande era el poder de su amor.

Y cuando pasó el año, el alma pensó para sí:

«He tentado a mi dueño con el mal, y su amor es más fuerte que yo. Le tentaré ahora con el bien, y quizá venga conmigo.»

Habló, pues, al joven pescador:

—Te he contado las alegrías del mundo y has hecho oídos sordos. Deja que te hable ahora de los dolores del mundo y tal vez quieras escucharme. Porque, en verdad, el dolor es el dueño del mundo, y no hay quien se escape de sus redes. Hay quienes carecen de vestimenta y quienes carecen de pan. Hay viudas vestidas de harapos. Los leprosos andan entre los pantanos y se maltratan entre sí. Los mendigos van y vienen por los caminos reales y sus alforjas están vacías. Por las calles de las ciudades reina el hambre y la peste se sienta a sus puertas. Ven, vamos a remediar esas cosas y a hacer que desaparezcan. ¿Por qué permaneces aquí llamando a tu amor, si no acude a tu llamada? ¿Y qué vale el amor, para que le concedas tanta importancia?

Pero el joven pescador no le contestó: tan grande era el poder de su amor. Cada mañana llamaba a la sirenita, cada mediodía, cada noche pronunciaba su nombre. Pero nunca salió ella del mar para reunírsele, ni pudo él hallarla en ninguna parte, aunque la buscó en las corrientes del mar, en los valles que yacen bajo las olas, en el mar que la noche torna purpúreo, en el mar que la aurora torna gris.

Y al terminar el segundo año, el alma habló al joven pescador, en la noche, cuando estaba sentado en su choza de cañas:

—¡Mira! Te he tentado con el bien y con el mal, y tu amor es más fuerte que yo. No te tentaré más, y te ruego que me dejes entrar en tu corazón, para que seamos uno tú y yo, como en otros tiempos.

—Entra —dijo el joven pescador—, porque bien creo que en los días en que anduviste sola por el mundo habrás sufrido mucho.

—¡Ay! —dijo el alma—, no hallo por dónde entrar: tan lleno está tu corazón de amor.

—Y, sin embargo, yo querría ayudarte —dijo el joven pescador.

Y cuando dijo estas palabras, surgió del mar un clamor de duelo, como el grito que oyen los hombres cuando muere uno de los hijos del mar. Y el joven pescador dio un salto y abandonó su choza de cañas y corrió a la playa. Y las negras olas corrían apresuradamente hacia la playa, trayendo consigo una carga más blanca que la plata. Blanca era como la espuma, y flotaba sobre las olas como una flor. Y la marejada la arrancó de las olas, y la espuma la arrancó de la marejada, y la playa la recibió y el joven pescador vio tendido a sus pies el cuerpo de la sirenita. Muerta yacía a sus pies.

Llorando como el que está anonadado por el dolor, se arrojó al suelo junto a ella, besó el rojo frío de la boca y jugueteó con el ámbar mojado de la cabellera. Se arrojó a la arena, sollozando con temblor y, con los brazos morenos la apretaba contra su pecho. Fríos estaban los labios pero él los besaba. Salobre era la miel de la cabellera, pero él la saboreaba con amarga alegría. Besaba los párpados cerrados, y la sal que había en ellos era menos amarga que sus lágrimas.

Se confesó con el cadáver. En las conchas de sus orejas vertió el agrio vino de su historia. Puso las manecitas frías en torno a su propio cuello, y con los dedos tocó las delicadas fibras de la garganta. Amarga, amarga era su alegría y lleno de extraño contento su dolor.

El oscuro mar avanzaba hacia él y la blanca espuma gemía como los leprosos. Con garras blancas de espuma, el mar tiraba zarpazos a la playa. Desde el palacio del rey del mar llegaba de nuevo el clamor de duelo, y en la lejanía marina los grandes tritones soplaban en cuernos roncos.

—Huye —decía el alma—, porque el mar avanza, y si permaneces aquí te matará. Huye, que tengo miedo, ya que tu corazón está cerrado para mí por la grandeza de tu amor. Huye a lugar seguro. ¡No querrás mandarme sin corazón al otro mundo!

Pero el joven pescador no escuchaba a su alma, y seguía llamando a la sirenita:

—El amor es mejor que la sabiduría, y más precioso que la riqueza, más hermoso que los pies de las hijas de los hombres. El fuego no puede consumirlo y apagarlo las aguas. Te llamé a la aurora, y no acudiste a mi llamada. La luna oyó tu nombre, pero no prestaste oídos a mi voz. Porque con maldad te abandoné, y para mi mal me alejé de aquí. Pero mi amor persistió en mí, y fue siempre fuerte, y nada pudo con él, aunque he visto el mal y he visto el bien. Ahora que has muerto, moriré contigo.

Y el alma le rogaba que se alejara de allí, pero él no quiso: tan grande era su amor. Y el mar avanzó y quiso cubrirlo con sus olas, y cuando él conoció que su fin estaba próximo, besó con pasión los labios fríos de la sirenita, rompiéndose el corazón que dentro de él vivía. Y como con la plenitud de su amor se rompió su corazón, el alma halló entrada en él, penetró y se unificó con él como antes. Y el mar cubrió al joven pescador con sus olas.

* * *

Cuando llegó la mañana, el sacerdote salió a bendecir el mar, porque había estado revuelto. Y con él fueron los monjes, y los músicos, y los portadores de cirios, y los turiferarios y una gran multitud.

Y cuando el sacerdote llegó a la playa, vio al joven pescador que flotaba muerto sobre las aguas abrazado al cuerpo de la sirenita. Y retrocedió frunciendo el ceño, hizo la señal de la cruz y alzando la voz, dijo:

—No voy a bendecir el mar ni nada de lo que haya en él. Malditos sean los hijos del mar y malditos los que traten con ellos. Y en cuanto a aquél que por el amor olvidó a Dios y por eso yace aquí con su amante, muerto por castigo de Dios, tomad su cuerpo y el cuerpo de su amante y enterradlos en el rincón del campo de los Bataneros, y no pongáis ningún nombre sobre la tumba, ni señal de ninguna especie, para que nadie reconozca el lugar donde yacen. Porque estuvieron malditos en vida y serán malditos también en la muerte.

Y las gentes hicieron lo que el sacerdote les mandó, y en el rincón del campo de los Bataneros, donde no crecen hierbas dulces, cavaron un hoyo profundo echando en él los cadáveres.

Y transcurridos tres años, un día de fiesta, el sacerdote fue a la capilla para mostrar al pueblo las llagas del Señor y hablarles de la ira de Dios.

Y cuando se hubo revestido con sus ornamentos entró y se inclinó ante el altar, vio que el altar estaba cubierto por extrañas flores que nunca había visto antes. Eran extrañas de ver, y de curiosa hermosura, y su hermosura inquietaba al sacerdote y el olor era muy suave para su olfato. Y se sintió contento y no sabía por qué estaba contento.

Y después de abrir el tabernáculo, y de incensar la custodia que en él se guardaba, y de mostrar la blanca hostia a los fieles, y de esconderla otra vez tras el velo de los velos, comenzó a hablar a las gentes, deseoso de hablarles de la ira de Dios. Pero la hermosura de las blancas flores le inquietaba. Y el olor era muy suave para su olfato. Y otras palabras vinieron a sus labios y no habló de la ira de Dios, sino del Dios cuyo nombre es Amor. Y no sabía por qué hablaba así.

Y cuando terminó sus palabras, las gentes lloraban. Y el sacerdote volvió a la sacristía, y sus ojos estaban llenos de lágrimas. Y los diáconos acudieron y comenzaron a quitarle los ornamentos, y le quitaron el alba, el cíngulo, el manípulo y la estola. Y permanecía inmóvil, como si estuviera soñando.

Y cuando le desvistieron de los ornamentos miró a los diáconos y les preguntó:

—¿Qué flores son esas que hay en el altar y de dónde vienen?

Y le respondieron:

—No sabemos qué clase de flores son, pero vienen del rincón del campo de los Bataneros.

Y el sacerdote se estremeció, y volvió a su casa y se entregó a la oración.

Y a la mañana siguiente, cuando todavía brillaba la aurora, salió con los monjes, y los músicos, y los portadores de cirios, y los turiferarios y una gran multitud llegó hasta la orilla del mar, y bendijo el mar y todas las cosas que viven en él. Bendijo también a los faunos, y a todos los pequeños seres que bailan en la pradera, y a los seres de brillantes ojos que curiosean por entre las hojas. Bendijo todas las cosas del mundo de Dios, y las gentes estaban llenas de asombro y de júbilo. Pero nunca más volvieron a crecer flores de ninguna especie en el rincón del campo de los Bataneros: el campo permaneció seco como antes. Ni volvieron los hijos del mar a la bahía, como en otro tiempo, porque no fueron a otra parte del mar.

EL PRÍNCIPE FELIZ

En la parte alta de la ciudad, sobre una columna, se alzaba la estatua del Príncipe Feliz.

Se hallaba toda recubierta de madreselva de oro fino. Tenía, a manera de ojos, dos centelleantes zafiros y un gran rubí rojo refulgía en la empuñadura de su espada.

Por todo ello, era muy admirada.

—Es tan hermoso como una veleta —observó uno de los miembros del Concejo que deseaba demostrar que era conocedor del arte y granjearse así una reputación en ese sentido—. Ahora bien, no es tan útil —añadió, temiendo que le tomaran por hombre poco práctico.

Y en realidad no lo era.

—¿Por qué no eres como el Príncipe Feliz? —preguntaba una madre cariñosa a su hijito, que pedía la luna—. El Príncipe Feliz no hubiera pensado nunca en pedir nada a gritos.

—Me siento dichoso al ver que hay alguien en el mundo que es completamente feliz —murmuraba un hombre fracasado, contemplando la estatua maravillosa.

—Realmente, parece un ángel —decían los niños hospicianos al salir de la catedral vestidos con sus magníficas capas rojas y sus bonitas chaquetas blancas.

—¿Por qué lo decís —replicaba el profesor de matemáticas— si no habéis visto nunca ninguno?

—¡Oh! Lo hemos visto en sueños —respondieron los niños.

Y el profesor de matemáticas fruncía el ceño, adoptando un continente severo, ya que no podía aprobar que unos niños se permitiesen soñar.

Una noche voló una golondrina sin descanso hacia la ciudad.

Hacía seis semanas que sus compañeras habían partido hacia Egipto; pero ella se había quedado retrasada.

Se había enamorado del más hermoso de los juncos. Lo había encontrado al comienzo de la primavera, cuando volaba siguiendo el curso del río, en persecución de una mariposa amarilla, y se sintió atraída por su talle esbelto, de manera tal que se quedó para hablarle.

—¿Quieres que te ame? —dijo la golondrina, que no se andaba nunca con rodeos.

Y el junco correspondió con un profundo saludo.

Entonces, la golondrina revoloteó a su alrededor, rozando el agua con sus alas y trazando estelas plateadas.

Era su manera de cortejar. Y así transcurrió todo el verano.

—Es su amorío ridículo —gorjeaban las otras golondrinas—. Ese junco es un pobretón y tiene, además, demasiada familia.

Y, en efecto, el río estaba todo cubierto de juncos.

Cuando llegó el otoño, todas las golondrinas emprendieron el vuelo.

Una vez que se hubieron marchado sus amigas, se sintió muy sola y empezó a cansarse de su amante.

—No sabe hablar —pensaba ella—. Y, además, temo que sea inconstante, pues coquetea sin parar con la brisa.

Y así era, cuantas veces soplaba la brisa, el junco multiplicaba sus más graciosas reverencias.

—Veo que es muy casero —murmuraba la golondrina—. A mí me gustan los viajes. Por consiguiente, al que me ame, debe agradarle viajar conmigo.

—¿Quieres seguirme? —preguntó por último la golondrina al junco.

Pero el junco movió la cabeza. Estaba demasiado atado a su hogar.

—¡Te has burlado de mí! —le gritó la golondrina—. Me marcho a las pirámides. ¡Adiós!

Y la golondrina se fue.

Voló todo el día, y al anochecer llegó a la ciudad.

—¿Dónde hallaré un cobijo? —se dijo—. Supongo que la ciudad habrá hecho preparativos para recibirme.

Entonces divisó la estatua sobre la columnita.

—Voy a resguardarme ahí —gritó—. El sitio es bonito. Hay mucho aire fresco.

Se posó precisamente entre los pies del Príncipe Feliz.

—Tengo una habitación dorada —se dijo, después de mirar en derredor.

Y se dispuso a dormir.

Pero al ir a colocar su cabeza bajo el ala, una pesada gota de agua le cayó encima.

—¡Qué raro! —exclamó—. No hay una sola nube en el cielo, las estrellas están claras y brillantes, ¡y, sin embargo, está lloviendo! El clima del norte de Europa es realmente extraño. Al junco le gustaba la lluvia; pero en él era puro egoísmo.

Entonces volvió a caer otra gota.

—¿Para qué sirve una estatua si no resguarda de la lluvia? —pensó la golondrina—. Voy a buscar un buen remate de chimenea.

Y se dispuso a emprender el vuelo. Pero antes de que desplegase las alas, cayó una tercera gota.

La golondrina miró hacia arriba y vio... ¡Ay, lo que vio!

Los ojos del Príncipe Feliz estaban inundados de lágrimas, que corrían por sus mejillas de oro.

Su semblante era tan bello a la luz de la luna, que la golondrina se sobrecogió por la piedad.

—¿Quién sois? —preguntó.

—Soy el Príncipe Feliz.

—Entonces, ¿por qué lloráis de esa manera? —preguntó la golondrina—. Casi me habéis empapado.

—Cuando estaba vivo y tenía un corazón de hombre —replicó la estatua—, no sabía lo que eran las lágrimas, porque vivía en el palacio de la Despreocupación, en el cual no está permitida la entrada al dolor. Durante el día jugaba con mis compañeros en el jardín y por la noche bailaba en el gran salón. Alrededor del jardín se alzaba una muralla altísima, pero nunca me preocupó lo que había detrás de ella, pues todo cuanto me rodeaba era hermosísimo. Mis cortesanos me llamaban el Príncipe Feliz, y en verdad que lo era, si es que el placer es la felicidad. Así viví, y así morí; y ahora que estoy muerto me han elevado tanto que puedo ver todas las fealdades y todas las miserias de la ciudad, y aunque mi corazón sea de plomo, no me queda más remedio que llorar.

«¡Cómo! ¿No era de oro de ley?», pensó la golondrina para sí, pues estaba demasiado bien educada para hacer ninguna observación en voz alta sobre las personas.

—Allá abajo —prosiguió la estatua, con su voz susurrante y musical—, allá abajo, en una callejuela, hay una vivienda muy pobre. Una de sus ventanas está abierta y por ella puedo ver a una mujer sentada ante una mesa.

Su rostro está enflaquecido y ajado. Tiene las manos hinchadas y enrojecidas, llenas de pinchazos de la aguja, porque es costurera. Está bordando pasionarias en un vestido de raso que debe lucir, en el próximo baile de corte, la más bella de las damas de honor de la reina. En un lecho, en un rincón de la habitación, yace su hijito enfermo. Tiene fiebre y está pidiendo naranjas. Su madre no puede darle más que agua del río. Por eso llora. Golondrina, golondrinita, ¿no querrías llevarle el rubí de la empuñadura de mi espada? Mis pies están sujetos al pedestal y no puedo moverme.

—Me esperan en Egipto —respondió la golondrina—. Mis amigas están revoloteando de acá para allá sobre el Nilo y charlan con los grandes lotos. Pronto irán a dormir al sepulcro del gran rey. El propio rey está allí en su sarcófago de madera, envuelto en un lienzo amarillo y embalsamado con sustancias aromáticas. Tiene una cadena de jade verde alrededor del cuello y sus manos son como unas hojas secas.

—Golondrina, golondrina, golondrinita —dijo el príncipe—, ¿no querrás quedarte conmigo una noche y ser mi mensajera? ¡Tiene tanta sed el niño y tanta tristeza la madre!

—No creo que me gusten los niños —contestó la golondrina—. El invierno pasado, cuando vivía yo a orillas del río, dos muchachos mal educados, los hijos del molinero, no paraban un momento de tirarme piedras. Claro está que no me alcanzaban. Nosotras, las golondrinas, volamos demasiado bien para que eso pueda ocurrirnos, y además, yo pertenezco a una familia célebre por su agilidad; no obstante, era un falta de respeto.

Pero la mirada del Príncipe Feliz era tan triste que la golondrinita se apenó mucho.

—Mucho frío hace aquí —le dijo—; pero me quedaré una noche con vos y seré vuestra mensajera.

—Gracias, golondrinita —respondió el príncipe.

Entonces, la golondrinita arrancó el gran rubí de la espada del príncipe, y llevándolo en el pico, voló sobre los tejados de la ciudad.

Pasó sobre la torre de la catedral, donde había unos ángeles esculpidos en mármol blanco.

Pasó sobre el palacio real y oyó música de baile.

Una bonita muchacha apareció en el balcón con su novio.

—¡Qué hermosas son las estrellas —le dijo— y qué poderosa es la fuerza del amor!

—Me gustaría tener el vestido terminado para el baile oficial —contestó ella—. He ordenado que me borden en él unas pasionarias, ¡pero son tan perezosas las modistas!

Cruzó sobre el río y vio los fanales colgados en los mástiles de los barcos. Pasó sobre el gueto y vio a los judíos viejos comerciando entre sí y pesando monedas en balanzas de cobre.

Al fin llegó a la pobre vivienda y echó un vistazo al interior. El niño se agitaba febrilmente en su camita y su madre se había quedado dormida vencida por el cansancio.

La golondrina pasó a la habitación y puso el gran rubí encima de la mesa, al lado del dedal de la costurera. Luego revoloteó suavemente alrededor del lecho, abanicando con sus alas la cara del niño.

—¡Qué fresco más agradable noto! —murmuró el niño—. Debe ser que estoy mejor.

Y se sumergió en un dulce sueño.

Entonces, la golondrinita se dirigió a gran velocidad hacia el Príncipe Feliz y le contó lo que había hecho.

—Qué raro —observó ella—, pero ahora casi noto calor y, sin embargo, hace mucho frío.

Y la golondrina se puso a reflexionar y se durmió. Siempre que reflexionaba se quedaba dormida.

Al despuntar el alba voló hacia el río y tomó un baño.

—¡Qué fenómeno tan notable! —exclamó el profesor de ornitología que pasaba por el puente—. ¡Una golondrina en invierno!

Y escribió sobre aquel curioso tema una larga carta a un periódico local.

Todo el mundo la comentó. ¡Estaba plagada de palabras que nadie podía comprender...!

—Esta noche salgo para Egipto —se decía la golondrina.

Y sólo de pensarlo se ponía muy contenta.

Visitó todos los monumentos públicos y descansó un buen rato en la punta del campanario de la iglesia.

Por todas partes a donde iba, se encontraba con los gorriones que, piando, se decían unos a otros:

—¡Qué extranjera más distinguida!

Y esto la colmaba de gozo. Al salir la luna volvió a toda velocidad hacia el Príncipe Feliz.

—¿Tenéis algún encargo para Egipto? —le gritó—. Voy a ponerme en camino.

—Golondrina, golondrina, golondrinita —dijo el príncipe—, ¿no querrás quedarte otra noche conmigo?

—Me esperan en Egipto —respondió la golondrina—. Mañana mis amigas volarán hacia la segunda catarata. Allí el hipopótamo se acuesta entre los juncos y el dios Memnón se alza sobre un gran trono de granito. Acecha a las estrellas durante la noche y cuando brilla Venus, lanza un grito de alegría y luego se calla. A mediodía, los rojizos leones bajan a beber a la orilla del río. Sus ojos son verde mar y sus rugidos más atronadores que los rugidos de la catarata.

—Golondrina, golondrina, golondrinita —dijo el Príncipe—, allá abajo, al otro lado de la ciudad, veo a un joven en una buhardilla. Está inclinado sobre una mesa cubierta de papeles y en un vaso a su lado hay un ramillete de violetas marchitas. Su pelo es negro y rizado, y sus labios rojos como granos de granada. Tiene unos grandes ojos soñadores. Se está esforzando en terminar una obra para el director del teatro, pero siente frío, demasiado frío para continuar escribiendo. No hay ningún calor en el aposento y el hambre le ha rendido.

—Me quedaré otra noche con vos —dijo la golondrina, que tenía muy buen corazón—. ¿He de llevarle otro rubí?

—¡Ay! No tengo más rubíes —dijo el Príncipe—. Mis ojos es lo único que me queda. Son unos zafiros extraordinarios traídos de la India hace un millar de años. Arranca uno de ellos y llévaselo. Lo venderá a un joyero, se comprará alimentos y combustible, y concluirá su obra.

—Amado Príncipe —dijo la golondrina—, no puedo hacer eso.

Y se echó a llorar.

—Golondrina, golondrina, golondrinita —dijo el Príncipe—, haz lo que te pido.

Entonces, la golondrina arrancó el ojo del príncipe y voló hacia la buhardilla del estudiante. Era fácil penetrar porque había un agujero en el techo. La golondrina entró por él como una flecha y se encontró en la habitación.

El joven tenía la cabeza hundida entre sus manos. No oyó el aleteo del pájaro y cuando levantó la cabeza, vio el hermoso zafiro colocado sobre las violetas marchitas.

—Empiezo a ser estimado —exclamó—. Esto proviene de algún rico admirador. Ahora ya puedo terminar la obra.

Y parecía completamente feliz.

Al día siguiente, la golondrina voló hacia el puerto.

Descansó en el mástil de un gran barco y contempló a los marineros, que sacaban enormes cajones de la cala tirando de unos cabos.

—¡Va!, ¡iza! —gritaban a cada cajón que llegaba a la cubierta.

—¡Me marcho a Egipto! —les gritaba la golondrina.

Pero nadie le hizo caso, y, al salir la luna, volvió hacia el Príncipe Feliz.

—He venido para deciros adiós —le dijo.

—¡Golondrina, golondrina, golondrinita! —exclamó el príncipe—. ¿No querrás quedarte conmigo una noche más?

—Es invierno —replicó la golondrina— y pronto llegará aquí la nieve glacial. En Egipto calienta el sol sobre las palmeras verdes. Los cocodrilos, acostados en el barro, miran perezosamente a los árboles, a orillas del río. Mis compañeras construyen nidos en el templo de Baalbeck. Las palomas sonrosadas y blancas las siguen con la mirada y se arrullan. Amado Príncipe, tengo que dejaros pero nunca os olvidaré y la próxima primavera os traeré de allá dos piedras preciosas muy hermosas con que sustituir las que disteis. El rubí será más rojo que una rosa roja y el zafiro será tan azul como el océano.

—Allá abajo, en la plazoleta —contestó el Príncipe—, tiene un puesto de cerillas una niña. Se le han caído las cerillas al arroyo, estropeándose casi todas. Su padre le dará una paliza si no lleva algún dinero a casa, y está llorando. No tiene ni medias ni zapatos y lleva la cabecita al descubierto. Arráncame el otro ojo, dáselo a su padre para que no le pegue.

—Pasaré otra noche con vos —dijo la golondrina—, pero no puedo arrancaros el ojo, porque entonces os quedaríais ciego totalmente.

—¡Golondrina, golondrina, golondrinita! —dijo el Príncipe—. Haz lo que te pido.

Entonces, la golondrina volvió nuevamente hacia el Príncipe y emprendió el vuelo llevando el zafiro.

Se posó sobre el hombro de la pequeña vendedora de cerillas y deslizó la joya en la palma de su mano.

—¡Qué bonito trozo de cristal! —exclamó la niña.

Y corrió a su casa, muy alegre.

Entonces, volvió la golondrina hacia el Príncipe.

—Ahora estáis ciego. Por eso me quedaré con vos para siempre.

—No, golondrinita —dijo el Príncipe—. Tienes que irte a Egipto.

—Me quedaré con vos para siempre —dijo la golondrina.

Y se puso a dormir a los pies del Príncipe. Al día siguiente se colocó sobre su hombro y le refirió lo que había visto en países extraños.

Le habló de los ibis rojos que se colocan en grandes hileras a orillas del Nilo y pescan a picotazos peces de oro; de la esfinge, que es tan vieja como el mismo mundo, vive en el desierto y lo sabe todo; de los mercaderes, que caminan lentamente junto a sus camellos, pasando las cuentas de unos rosarios de ámbar entre sus dedos; del rey de las montañas de la Luna, que es negro como el ébano y que adora a un gran bloque de cristal; de la gran serpiente verde, que duerme en una palmera y a la cual están encargados de alimentar con pastelillos de miel veinte sacerdotes, y de los pigmeos, que navegan por un gran lago sobre anchas hojas aplastadas y están siempre en guerra con las mariposas.

—Querida golondrinita —dijo el Príncipe—, me cuentas cosas maravillosas, pero más maravilloso aún es lo que soportan los hombres y las mujeres. No existe mayor misterio que la miseria humana. Vuela por mi ciudad, golondrinita, y dime lo que ves.

Entonces, la golondrina voló sobre la gran ciudad y vio a los ricos agasajados en sus magníficos palacios, mientras los mendigos estaban sentados a sus puertas.

Voló por los barrios sombríos y vio las pálidas caras de los niños hambrientos, mirando con apatía las calles negras.

Bajo los arcos de un puente estaban acostados dos niñitos abrazados uno a otro para darse un poco de calor.

—¡Qué hambre tenemos! —decían.

—¡No se puede estar tumbado aquí! —les gritó un guardia. Y se alejaron bajo la lluvia.

Entonces, la golondrina reanudó su vuelo y fue a contar al príncipe lo que había visto.

—Estoy cubierto de oro fino —dijo el Príncipe—; despréndelo capa por capa y dáselo a mis pobres. Los hombres tienen siempre la creencia de que el oro puede hacerlos felices.

Capa por capa lo distribuyó entre los pobres. Las caritas de los niños se tornaron nuevamente sonrosadas y rieron y jugaron por las calles.

—¡Ya tenemos pan! —gritaban.

Entonces, llegó la nieve y, después de la nieve, el hielo.

Las calles parecían empedradas de plata por lo que brillaban y relucían.

Largos carámbanos, parecidos a puñales de cristal, pendían de los tejados de las casas. Todo el mundo iba cubierto con pieles y los niños llevaban gorritos rojos y patinaban sobre el hielo.

La pobre golondrina tenía frío, cada vez más frío, pero no quería abandonar al Príncipe: le amaba demasiado para hacerlo.

Picoteaba las migajas a la puerta del panadero cuando éste no la veía, y trataba de calentarse batiendo las alas.

Pero, al fin, sintió que iba a morir. No tuvo fuerzas más que para volar hasta el hombro del Príncipe.

—¡Adiós, amado Príncipe! —murmuró—. Permitid que os bese la mano.

—Me alegra mucho que te vayas, por fin, hacia Egipto, golondrinita —dijo el Príncipe—. Has permanecido aquí demasiado tiempo. Pero tienes que besarme en los labios porque te amo.

—No es a Egipto a donde voy a ir —dijo la golondrina—. Voy a ir a la morada de la muerte. La muerte es hermana del sueño, ¿verdad?

Y besando al príncipe en los labios, cayó muerta a sus pies.

En el mismo momento, sonó un crujido extraño en el interior de la estatua, como si algo se hubiera roto.

El hecho es que la coraza de plomo se había partido en dos. Verdaderamente, hacía un frío terrible.

A la mañana siguiente, muy temprano, el alcalde se paseaba por la plazoleta con dos concejales de la ciudad.

Al pasar junto al pedestal de la estatua, levantó los ojos hacia el Príncipe.

—¡Dios mío! —exclamó—. ¡Qué andrajoso está el Príncipe Feliz!

—¡Sí, está verdaderamente andrajoso! —dijeron los concejales de la ciudad, que eran siempre de la misma opinión que el alcalde.

Y levantaron ellos también la cabeza para mirar.

—El rubí de su espada se ha caído, ya no tiene ojos, ni está dorado —dijo el alcalde—. En resumidas cuentas, que parece un pordiosero.

—¡Parece un pordiosero! —repitieron a coro los concejales.

—Y tiene a sus pies un pájaro muerto —prosiguió el alcalde—. Realmente, habrá que promulgar un bando prohibiendo a los pájaros que mueran aquí.

Y el secretario del Ayuntamiento tomó nota de aquella idea.

Entonces, fue derribada la estatua del Príncipe Feliz.

—¡Al haber perdido la belleza, de nada sirve ya! —dijo el profesor de estética de la universidad.

Entonces, fundieron la estatua en un horno, y el alcalde reunió al Concejo en sesión, para decidir lo que debía hacerse con el metal.

—Podríamos —propuso— hacer otra estatua. La mía, por ejemplo.

—O la mía —opinó cada uno de los concejales.

Y acabaron peleándose.

—¡Qué cosa más rara! —dijo el oficial primero de la fundición—. Este corazón de plomo no quiere fundirse en el horno; habrá que tirarlo como desecho.

Los fundidores lo arrojaron al montón de chatarra en el que yacía la golondrina muerta.

—Tráeme las dos cosas más valiosas de la ciudad —dijo Dios a uno de sus ángeles.

Y el ángel le llevó el corazón de plomo y el pájaro muerto.

—Has elegido bien —dijo Dios—. En mi jardín del Paraíso, este pajarillo cantará eternamente y, en mi ciudad de oro, el Príncipe Feliz cantará mis alabanzas.

EL RUISEÑOR Y LA ROSA

El joven estudiante se lamentaba:

—Ha dicho que bailaría conmigo si le llevaba rosas rojas, pero no encuentro en todo mi jardín una sola rosa roja.

Desde su nido en lo alto de la encina, le oyó el ruiseñor. Miró entre las hojas, asombrado.

—¡No hay una sola rosa roja en mi jardín! —se lamentaba el estudiante.

Y sus hermosos ojos estaban arrasados por las lágrimas.

—¡Ay, de qué insignificancia puede depender la felicidad! He leído todo cuanto han escrito los sabios; poseo todos los secretos de la filosofía y tengo que ver mi vida destrozada por la falta de una rosa roja.

—Por fin, éste es, sin duda, el verdadero enamorado —dijo el ruiseñor—. Le he cantado todas las noches, aun sin conocerle; todas las noches repito su historia a las estrellas, y ahora le veo. Su cabellera es oscura como la flor del jacinto y sus labios rojos como la rosa que desea; pero la pasión ha tornado su rostro pálido como el marfil y la pena le ha marcado en la frente con su sello.

—El príncipe da un baile mañana por la noche —murmuraba el joven estudiante— y mi adorada asistirá a la fiesta. Si le llevo una rosa roja, bailará conmigo hasta el alba. Si le llevo una rosa roja, la tendré en mis brazos. Reclinará su cabeza en mi hombro y su mano estrechará la mía. Pero no hay rosas rojas en mi jardín. Por lo tanto, tendré que estar solo y no me prestará la menor atención. No se fijará en mí y mi corazón se desgarrará.

—Es, sin duda, el verdadero enamorado —dijo el ruiseñor—. Sufre todo lo que yo canto: todo lo que es alegría para mí, para él es pena. Realmente, el amor es una cosa maravillosa: es más precioso que las esmeraldas y más caro que los finos ópalos. Perlas y granates no pueden pagarle porque no se halla expuesto en el mercado. No puede uno comprarlo al vendedor, ni pesarlo en una balanza para adquirirlo a peso de oro.

—Los músicos estarán en su estrado —decía el joven estudiante—. Tocarán sus instrumentos de cuerda y mi adorada bailará a los acordes del arpa y del violín. Bailará tan aladamente que sus pies no tocarán el suelo, y los cortesanos con sus vistosos atavíos, la rodearán solícitos; pero conmigo no bailará porque no tengo rosas rojas para ofrecerle.

Y, dejándose caer sobre el césped, hundía su rostro en sus manos, sollozando.

—¿Por qué lloras? —preguntaba un lagarto, correteando cerca de él, con su cola levantada.

—Sí, ¿por qué? —preguntaba una mariposa que revoloteaba persiguiendo un rayo de sol.

—Eso, eso, ¿por qué? —murmuraba una margarita a su vecina, con una suave vocecilla.

—Está llorando por una rosa roja.

—¿Por una rosa roja? ¡Qué ridiculez!

Y el lagarto, que era algo cínico, se echó a reír con todas sus ganas.

Pero el ruiseñor, que comprendía el secreto de la pena del estudiante, permaneció silencioso en la encina, reflexionando sobre el misterio del amor.

Súbitamente, desplegó sus alas oscuras y emprendió el vuelo.

Pasó sobre el bosque como una sombra, y como una sombra cruzó el jardín.

En el centro del parterre se levantaba un hermoso rosal y, al verlo, voló hacia él y se posó sobre una ramita.

—Dame una rosa roja —le dijo— y te cantaré mis más dulces canciones.

Pero el rosal sacudió la cabeza.

—Mis rosas son blancas —contestó—, blancas como la espuma del mar, más blancas que la nieve en la montaña. Pero ve en busca de mi hermano, que crece alrededor del viejo reloj de sol, y quizá él pueda darte lo que deseas.

Entonces, el ruiseñor voló al rosal que crecía en torno del viejo reloj de sol.

—Dame una rosa roja —le dijo— y te cantaré mis más dulces canciones.

Pero el rosal sacudió la cabeza.

—Mis rosas son amarillas —respondió—, tan amarillas como los cabellos de las sirenas que se sientan sobre un tronco de árbol, más amarillas que el narciso que florece en los prados, antes de que llegue el segador con su hoz. Pero ve en busca de mi hermano, el que crece debajo de la ventana del estudiante, y quizá él pueda darte lo que deseas.

Entonces, el ruiseñor voló al rosal que crecía debajo de la ventana del estudiante.

—Dame una rosa roja —le dijo— y te cantaré mis más dulces canciones.

Pero el arbusto sacudió la cabeza.

—Mis rosas son rojas —respondió—, tan rojas como las patas de las palomas, más rojas que los grandes abanicos de coral que el océano mece en sus abismos; pero el invierno ha helado mis venas, las heladas han marchitado mis capullos, el huracán ha partido mis ramas, y no tendré ya rosas en todo este año.

—No necesito más que una sola rosa roja —gritó el ruiseñor—, una sola rosa roja. ¿No existe algún medio para que la consiga?

—Hay un medio —respondió el rosal— pero es tan terrible que no me atrevo a decírtelo.

—Dímelo —contestó el ruiseñor—. No soy miedoso.

—Si necesitas una rosa roja —dijo el rosal—, tienes que hacerla con notas de música, al claro de luna, y teñirla con la sangre de tu propio corazón. Cantarás para mí con el pecho apoyado en mis espinas. Cantarás para mí durante toda la noche y las espinas te atravesarán el corazón: la sangre de tu vida correrá por mis venas y se convertirá en sangre mía.

—La muerte es un buen precio por una rosa roja —replicó el ruiseñor— y todo el mundo ama la vida. Es grato posarse en el bosque verdeante y mirar al sol en su carro de oro y a la luna en su carro perlado. Agradable es el olor de los nobles espinos. Agradables son las campanillas que se ocultan en el valle y los brezos que cubren la colina. Sin embargo, el amor es mejor que la vida. ¿Y qué es el corazón de un pájaro comparado con el de un hombre?

Entonces, desplegó sus alas oscuras y emprendió el vuelo. Pasó por el jardín como una sombra y como una sombra atravesó el bosque.

El joven estudiante permanecía echado sobre el césped, allí donde el ruiseñor le había dejado, y las lágrimas no se habían secado aún en sus hermosos ojos.

—Sed feliz —le gritó el ruiseñor—, sed feliz; tendréis vuestra rosa roja. La crearé con notas de mi propia música al claro de luna y la teñiré con la sangre de mi propio corazón. Lo único que os pido a cambio es que seáis un verdadero enamorado, porque el amor es más sabio que la filosofía, aunque ésta lo sea. Sus alas son color de fuego y su cuerpo color de llama; sus labios son dulces como la miel y su aliento es como el incienso.

El estudiante levantó la mirada del césped y prestó atención; pero no alcanzó a comprender lo que le decía el ruiseñor, pues, únicamente entendía las cosas que están escritas en los libros.

Pero la encina lo comprendió y se puso triste, porque amaba mucho al ruiseñor que había construido su nido en sus ramas.

—Cántame la última canción —murmuró—. ¡Me quedaré tan triste cuando te vayas!

Entonces, el ruiseñor cantó para la encina; y su voz era como el agua cristalina de una fuente argentina.

Al terminar su canción, el estudiante se levantó, sacando al mismo tiempo su cuadernito y su lápiz del bolsillo.

—El ruiseñor —se decía, paseándose por la alameda—, el ruiseñor posee una belleza innegable, pero ¿siente? Me temo que no. Después de todo, es como muchos artistas, todo estilo, pero sin sinceridad. No se sacrifica por los demás. No piensa más que en la música y en el arte; como todo el mundo sabe, es egoísta. Ciertamente, no puede negarse la belleza de las notas de su voz. ¡Qué pena que todo eso no tenga sentido, que no persiga algún fin práctico!

Y volviendo a su habitación se acostó sobre su jergón pensando en su adorada.

Al cabo de poco rato se durmió.

Y cuando la luna brillaba en el cielo, el ruiseñor voló al rosal y colocó su pecho contra las espinas.

Y toda la noche estuvo cantando y las espinas penetraron, cada vez más hondo, en su pecho.

Al principio, cantó el nacimiento del amor en el corazón de un joven y de una muchacha; y sobre la rama más alta del rosal, floreció una rosa maravillosa, pétalo a pétalo, canción tras canción.

Al principio, era pálida como la luna que flota sobre el río, pálida como los pies de la mañana y argentina como las alas de la aurora.

La rosa que florecía sobre la rama más alta del rosal, parecía la sombra de una rosa en un espejo plateado, la sombra de la rosa en el lago.

Pero el rosal le gritó al ruiseñor que se apretase más contra las espinas.

—Apriétate más, pequeño ruiseñor —le decía—, o llegará el día antes de que la rosa esté terminada.

Entonces, el ruiseñor se apretó más contra las espinas y su canto fluyó más sonoro, porque cantaba el nacimiento de la pasión en el alma de un hombre y de una virgen.

Y un delicado rubor hizo su aparición en los pétalos de la rosa, de la misma manera que enrojece la cara de un enamorado que besa los labios de su amada.

Pero las espinas no habían llegado aún al corazón del ruiseñor; por eso el corazón de la rosa seguía blanco, porque sólo la sangre de un ruiseñor puede colorear el corazón de una rosa.

Y el rosal gritó al ruiseñor que se apretase más aún contra las espinas.

—Apriétate más, pequeño ruiseñor —le decía—, o llegará el día antes de que la rosa esté terminada.

Entonces, el ruiseñor se apretó aún más contra las espinas, y las espinas rozaron su corazón y él sintió, en su interior, un cruel tormento de dolor.

Cuando más acerbo era su dolor, más impetuoso salía su canto, porque cantaba el amor sublimizado por la muerte, el amor que no acaba en la tumba.

Y la rosa maravillosa enrojeció como las rosas de Bengala. Purpúreo era el color de los pétalos y purpúreo como un rubí era el corazón.

Pero la voz del ruiseñor desfalleció. Sus breves alas empezaron a batir y una nube se extendió sobre sus ojos.

Su canto fue debilitándose cada vez más. Sintió que algo se ahogaba en su garganta.

Entonces, su canto tuvo un último fulgor. La blanca luna le oyó y, olvidándose de la aurora, se detuvo en el cielo.

La rosa roja le oyó; tembló toda ella de arrobamiento y abrió sus pétalos al aire frío de la mañana.

El eco le condujo hacia su caverna de las colinas, despertando de sus sueños a los rebaños dormidos.

El canto flotó entre los cañaverales del río, que llevaron su mensaje al mar.

—Mira, mira —gritó el rosal—, ya está terminada la rosa.

Pero el ruiseñor no respondió; yacía muerto sobre las altas hierbas, con el corazón traspasado por las espinas.

A mediodía, el estudiante abrió su ventana y miró hacia afuera.

—¡Qué suerte inesperada! —exclamó—. ¡He aquí una rosa roja! No he visto una rosa semejante en toda mi vida. Es tan bella que estoy seguro de que debe de tener, en latín, un nombre enrevesado.

E, inclinándose, la tomó.

En seguida, se puso el sombrero y corrió a casa del profesor con su rosa en la mano.

La hija del profesor estaba sentada en la puerta. Devanaba seda azul en un carrete, con un perrito que estaba echado a sus pies.

—Dijisteis que bailaríais conmigo si os traía una rosa roja —le dijo el estudiante—. He aquí la rosa más roja del mundo. Esta noche la prenderéis cerca de vuestro corazón y, cuando bailemos juntos, ella os dirá lo mucho que os amo.

Pero la joven frunció el ceño.

—Me temo que esta rosa no armonice bien con el vestido que voy a ponerme —respondió—. Además, el sobrino del chambelán me ha enviado varias joyas auténticas y ya se sabe que las joyas cuestan más que las flores.

—¡Oh!, ¡a fe mía que sois una ingrata! —dijo el estudiante, encolerizado.

Y arrojó la rosa a la calle.

Un pesado carro la aplastó.

—¡Ingrato! —dijo la joven—. Tengo que deciros que os comportáis como un grosero y, después de todo, ¿qué sois? Un simple estudiante. ¡Bah! No creo que podáis nunca tener hebillas de plata en los zapatos como las que lleva el sobrino del chambelán.

Y, después de decir esto, se levantó de la silla, metiéndose en casa.

—¡Qué tontería es el amor! —se decía el estudiante a su regreso—. No es ni la mitad de útil que la lógica, porque no puede probar nada; habla siempre de cosas que no sucederán y hace creer a la gente cosas que no son ciertas. En realidad, no es nada práctico y, como en nuestra época todo estriba en ser práctico, me vuelvo a la filosofía y al estudio de la metafísica.

Y, tomada esta decisión, el estudiante, una vez estuvo en su habitación, abrió un gran libro polvoriento y se puso a leer.

EL AMIGO LEAL

Un día, la vieja rata de agua se asomó por un agujero. Sus ojos eran muy redondos y vivarachos y sus bigotes muy tupidos y grises. Su cola parecía un largo látigo negro.

Había unos patitos nadando en el estanque, semejantes a una bandada de canarios amarillos, y su madre, enteramente blanca con patas rojas, se esforzaba en enseñarles a hundir la cabeza bajo el agua.

—No podréis frecuentar nunca la buena sociedad si no aprendéis a meter la cabeza —les decía.

Y se ponía de nuevo a enseñarles el modo de hacerlo. Pero los patitos no prestaban la menor atención a sus lecciones. Eran aún tan pequeños, que ignoraban las ventajas que puede reportar la vida en sociedad.

—¡Qué criaturas más desobedientes! —exclamó la rata de agua—. ¡Les estaría bien empleado ahogarse!

—¡No lo permita Dios! —replicó la pata—. Todo tiene su iniciación y nunca es excesiva la paciencia de los padres.

—¡Ay! Desconozco totalmente los sentimientos paternos —dijo la rata de agua—. No soy padre de familia. Jamás me he casado ni he pensado en hacerlo siquiera. Qué duda cabe que el amor es una buena cosa a su manera; pero creo que la amistad vale más. Le aseguro que no conozco nada más noble o más raro que una leal amistad.

—Y, dígame, se lo ruego, ¿qué idea tiene usted formada sobre los deberes de un amigo leal? —preguntó un pardillo verde que había escuchado la conversación, posado sobre una rama de un sauce retorcido.

—Sí, eso es precisamente lo que yo quisiera saber —dijo la pata, y nadando hacia el extremo del estanque, hundió su cabeza en el agua para dar buen ejemplo a sus hijos.

—¡Qué pregunta tan necia! —gritó la rata de agua—. ¡Como es lógico, entiendo por amigo leal al que me demuestra fidelidad y lealtad!

—¿Y qué dará usted a cambio? —dijo la avecilla, columpiándose sobre una ramita plateada y moviendo sus alas.

—No comprendo su pregunta —respondió la rata de agua.

—Permítanme que les cuente una historia sobre este asunto —dijo el pardillo.

—¿Se refiere a mí esa historia? —pregunto la rata de agua—. Si es así, la escucharé con agrado, porque a mí me entusiasman los cuentos.

—Puede aplicarse a usted —respondió el pardillo.

Y, abriendo las alas, se posó en la orilla del estanque y contó la historia del amigo leal.

—Había una vez —empezó a decir el pardillo— un honrado muchacho llamado Hans.

—¿Se trataba verdaderamente de un hombre distinguido? —preguntó la rata de agua.

—No —respondió el pardillo—. No creo que fuese nada distinguido, excepto por su buen corazón y por su redonda cara, morena y afable.

Vivía en una pobre casita de campo y todos los días trabajaba en su jardín.

En toda la comarca no había jardín tan hermoso como el suyo. Crecían en él claveles, alelíes, capselas, saxifragas, así como rosas de Damasco y rosas amarillas, azafranadas, lilas y oro, y alelíes rojos y blancos.

Y, según los meses y por orden, florecían agavanzos y cardaminas, mejoranas y albahacas silvestres, velloritas e iris de Alemania, asfodelos y claveros.

168

Una flor sustituía a otra. Por lo cual, siempre había cosas bonitas a la vista y olores agradables que respirar.

El pequeño Hans tenía muchos amigos, pero el más allegado a él era el gran Hugo, el molinero. En realidad, era tan allegado el rico molinero al pequeño Hans, que no visitaba nunca su jardín sin llevarse un gran ramo de flores de los macizos o un buen puñado de lechugas suculentas; o sin llenarse los bolsillos de ciruelas y de cerezas, según la época.

«Los amigos verdaderos lo comparten todo entre sí», tenía por costumbre decir el molinero.

El pequeño Hans asentía con la cabeza, sonriente, sintiéndose orgulloso de tener un amigo que pensaba tan noblemente.

Algunas veces, sin embargo, al vecindario le llamaba la atención el hecho de que el rico molinero no diese nada a cambio al pequeño Hans, aunque tuviese cien sacos de harina almacenados en su molino, seis vacas lecheras y un gran número de ganado lanar; pero Hans no se preocupaba por semejante cosa.

Nada le entusiasmaba tanto como escuchar las hermosas cosas que el molinero decía sobre la solidaridad de los verdaderos amigos.

Así, pues, el pequeño Hans cultivaba su jardín. En primavera, en verano y en otoño, se sentía muy feliz; pero cuando llegaba el invierno y no tenía ni frutos ni flores para llevar al mercado, pasaba mucho frío y mucha hambre, y se acostaba frecuentemente sin haber comido más que unas peras secas y algunas nueces rancias.

Además, en invierno, se encontraba muy solo, porque el molinero no iba a verle nunca durante aquella estación.

«No está bien que vaya a ver al pequeño Hans mientras duren las nieves», decía muchas veces el molinero a su mujer. «Cuando las personas pasan apuros, es preferible dejarlas solas y no importunarlas con visitas. Ésa es, al menos, la opinión que yo tengo sobre la amistad, y estoy seguro de que es acertada. Por eso esperaré a la primavera y entonces iré a verle; podrá ofrecerme un gran cesto de velloritas y eso le alegrará».

«Eres verdaderamente solícito para con los demás», le respondía su mujer, sentada en un cómodo sillón junto a un buen fuego de leña. «Es un verdadero placer oírte hablar de la amistad. Estoy segura de que el cura no diría sobre ella cosas tan bellas como tú, aunque viva en una casa de tres pisos y lleve un anillo de oro en el dedo meñique».

«¿Por qué no invitamos al pequeño Hans a venir aquí?» preguntaba el hijo del molinero. «Si el pobre Hans pasa apuros, le daré la mitad de mi sopa y le enseñaré mis conejos blancos».

«¡Qué tonto eres!, exclamó el molinero. No sé, en verdad, para qué sirve enviarte a la escuela. Parece que no aprendes nada. Si el pequeño Hans viniese aquí, ¡qué caramba!, y viese nuestro buen fuego, nuestra excelente cena y nuestro gran tonel de vino tinto, sentiría envidia. Y la envidia es una cosa terrible que estropea a las mejores personas. Verdaderamente, no podría yo sufrir que el carácter de Hans se estropease. Soy su mejor amigo, velaré siempre por él y tendré buen cuidado de no exponerle a ninguna tentación.

»Además, si Hans viniera aquí, podría pedirme que le diese un poco de harina fiada, lo cual no puedo hacer. La harina es una cosa y la amistad, otra, y no hay que confundirlas. Son dos palabras que se escriben de manera diferente y significan cosas muy distintas, como todo el mundo sabe».

«¡Me maravilla lo bien que hablas!», dijo la mujer, sirviéndose un gran vaso de cerveza caliente. Me encuentro adormecida, tal como lo estoy en la iglesia.

«Hay muchos que obran bien, replicó el molinero, pero pocos saben hablar bien, lo que demuestra que hablar es, de lejos, la cosa más difícil así como la más hermosa de las dos».

Y lanzó una mirada severa a su hijo, que estaba al otro lado de la mesa, el cual sintió tal vergüenza de sí mismo, que bajó la cabeza, se puso rojo y empezó a llorar encima de la taza de té.

¡Era aún tan joven que bien se le puede perdonar!

—¿Es ése el final de la historia? —preguntó la rata de agua.

—Nada de eso —contestó el pardillo—. Ése es sólo el comienzo.

—Entonces, está usted muy retrasado con relación a su época —repuso la rata de agua—. En la actualidad, todo buen narrador empieza por el final, continúa por el comienzo y termina por la mitad. Es el nuevo método. Así lo he oído de labios de un crítico que se paseaba alrededor del estanque con un joven. Trataba el asunto magistralmente y estoy segura de que tenía razón, porque llevaba unas gafas azules y era calvo; y, cuando el joven le hacía alguna observación, contestaba siempre: «¡Psé!» Pero prosiga usted su historia, se lo ruego. Me agrada mucho el molinero. Yo también albergo toda clase de nobles sentimientos: por eso existe una gran simpatía entre él y yo.

—¡Bueno! —dijo el pardillo, hincando sobre sus dos patitas—. En cuanto pasó el invierno, no bien empezaron las velloritas a abrir sus estrellas amarillas pálidas, el molinero dijo a su mujer que iba a ir a visitar al pequeño Hans.

«¡Oh, qué buen corazón tienes!, le dijo su mujer. Siempre piensas en los demás. No te olvides de llevar el cesto grande para que traigas las flores».

Entonces, el molinero ató unas a otras las aspas del molino con una fuerte cadena de hierro y bajó la colina con la cesta al brazo.

«Buenos días, pequeño Hans», dijo el molinero.

«Buenos días», contestó Hans, apoyándose en el azadón y sonriendo abiertamente.

«¿Cómo has pasado el invierno?», preguntó el molinero.

«¡Bien, bien!, repuso Hans. Muchas gracias por tu interés. He pasado mis malos ratos, pero ahora ha vuelto la primavera y me siento casi feliz... Además, mis flores van muy bien».

«Hemos hablado de ti muchísimo durante este invierno, Hans, prosiguió el molinero, preguntándonos qué sería de ti».

«¡Qué amable eres!, dijo Hans. Temía que te hubieras olvidado de mí».

«Hans, me sorprende oírte decir una cosa así, dijo el molinero. La amistad no olvida nunca. Esto es lo que tiene de admirable, aunque me temo que no alcances a entender la poesía de la amistad... Y, entre paréntesis, ¡qué bellas están las velloritas!»

«Sí, realmente están muy hermosas, dijo Hans, es una gran suerte para mí tener tantas. Voy a llevarlas al mercado, y se las venderé a la hija del burgomaestre y con ese dinero compraré otra vez mi carretilla».

«¿Que comprarás otra vez tu carretilla? ¿Quiere eso decir que la has vendido? Eso es una tontería».

«Con toda seguridad, pero el hecho es, replicó Hans, que me vi obligado a hacerlo. Como sabes, el invierno es una estación muy mala para mí, y no tenía dinero para comprar pan. Así es que, primero, vendí los botones de plata de mi traje de los domingos; luego, vendí mi cadena de plata y, finalmente, mi flauta. Por último, no me quedaba más que la carretilla y la vendí también. Pero ahora voy a recuperarlo todo».

«Hans, dijo el molinero, te daré mi carretilla. No está en muy buen uso. Uno de los lados se ha roto y están algo torcidos los radios de la rueda, pero, a pesar de ello, te la daré. Sé que es muy generoso por mi parte y a muchos les parecerá una locura que me desprenda de ella, pero yo no soy como los demás. Creo que la generosidad es la esencia de la amistad, y, además, me he comprado una carretilla nueva. Sí, puedes estar tranquilo..., te daré mi carretilla».

«Gracias, eres muy generoso, dijo el pequeño Hans. Y su afable cara redonda resplandeció de placer. Puedo arreglarla fácilmente porque tengo una tabla en mi casa.

«¡Una tabla!, exclamó el molinero. ¡Muy bien! Eso es precisamente lo que necesito para la techumbre de mi granero. Hay una gran brecha y se mojará todo el trigo si no la tapo. ¡Qué oportuno has estado! En realidad, hay que comprender que una buena acción engendra siempre otra. Te he dado mi carretilla y ahora tú vas a darme tu tabla. Claro es que la carretilla vale mucho más que la tabla pero la amistad sincera no repara nunca en esas cosas. Dame enseguida la tabla y hoy mismo me pondré a la obra para arreglar mi granero».

«¡Al momento!», replicó el pequeño Hans.

Fue corriendo a su vivienda y sacó la tabla.

«No es una tabla muy grande, dijo el molinero, examinándola y me temo que una vez hecho el arreglo de la techumbre del granero, no quede madera bastante para el arreglo de la carretilla, pero claro es que no tengo la culpa de eso... Y ahora, en vista de que te he dado mi carretilla, estoy seguro de que accederás a darme a cambio unas flores... Aquí tienes el cesto; procura llenarlo casi todo».

«¿Casi todo?», preguntó el pequeño Hans, bastante afligido porque el cesto era de grandes dimensiones y comprendía que si lo llenaba, no le quedarían flores para llevar al mercado, y estaba deseando rescatar los botones de plata.

«A fe mía, respondió el molinero, una vez que te doy la carretilla, no he creído que fuese mucho pedirte unas cuantas flores. Quizá me equivoque, pero me había figurado que la amistad, la verdadera amistad, estaba exenta de toda clase de egoísmo.

«Mi querido amigo, mi mejor amigo, protestó el pequeño Hans, todas las flores de mi jardín están a tu disposición, pues me importa mucho más tu estimación que mis botones de plata».

Corrió a cortar las lindas velloritas y a llenar el cesto del molinero.

«¡Adiós, pequeño Hans!, dijo el molinero, subiendo nuevamente la colina con su tabla al hombro y su gran cesto al brazo.

«¡Adiós!, dijo el pequeño Hans.

Se puso a cavar alegremente: ¡estaba tan contento por una carretilla!

A la mañana siguiente, cuando estaba sujetando unas madreselvas sobre su puerta, oyó la voz del molinero que le llamaba desde el camino. Entonces, saltó de su escalera y corriendo al final del jardín, miró por encima del muro.

Era el molinero con un gran saco de harina a su espalda.

«Pequeño Hans», dijo el molinero, ¿querrías llevarme este saco de harina al mercado?»

«¡Cuánto lo siento!, dijo Hans; pero estoy hoy ocupadísimo. Tengo que sujetar todas las enredaderas, regar todas las flores y todo el césped».

«¡Vaya, hombre!, replicó el molinero; creí que en consideración a que te he dado mi carretilla, no te negarías a complacerme».

«¡Pero si no me niego!, protestó el pequeño Hans. Por nada del mundo dejaría yo de actuar como amigo tratándose de ti».

Fue a por su gorra y se marchó con el gran saco al hombro.

Era un día muy caluroso y la carretera estaba muy polvorienta. Antes de que Hans llegara al mojón que marcaba la sexta milla, se encontraba tan fatigado que tuvo que sentarse a descansar. Sin embargo, no tardó mucho en proseguir animosamente su camino, llegando, por fin, al mercado.

Después de esperar un rato vendió el saco de harina a buen precio y regresó a casa de un tirón, porque temía encontrarse algún salteador en el camino, si se retrasaba mucho.

«¡Qué día más duro!, se dijo Hans al meterse en la cama. Pero me alegra mucho no haberme negado, porque el molinero es mi mejor amigo, y, además, me va a dar su carretilla.»

A la mañana siguiente, muy temprano, el molinero llegó a por el dinero de su saco de harina, pero el pequeño Hans estaba tan rendido, que no se había levantado aún de la cama.

«¡Palabra!, exclamó el molinero. Eres muy perezoso. Cuando pienso que acabo de darte mi carretilla, creo que podrías trabajar con más ahínco. La pereza es un gran vicio y no quisiera yo que ninguno de mis amigos fuera perezoso o apático. No pienses que te hablo sin miramientos. Por supuesto que si no fueras mi amigo, no te hablaría así. Pero, ¿de qué serviría la amistad si uno no pudiera decir las cosas claramente tal como las piensa? Todo el mundo puede decir cosas amables y esforzarse en ser agradable y en halagar; pero un amigo sincero dice cosas molestas y no teme causar pesar. Por el contrario, si es un amigo verdadero, lo prefiere, porque sabe que así hace el bien».

«Lo siento mucho, exclamó el pequeño Hans, restregándose los ojos y quitándose el gorro de dormir. Estaba rendido, tanto, que creía que me había acostado hacía poco y que escuchaba cantar a los pájaros. ¿Sabes que yo trabajo mucho mejor cuando he escuchado el canto de los pájaros?»

«¡Bien, mejor que mejor!, replicó el molinero, dándole una palmada en el hombro; porque necesito que arregles la techumbre de mi granero».

El pequeño Hans necesitaba urgentemente ir a cuidar su pequeño jardín, pues hacía ya dos días que no había regado las flores, pero no se atrevió a negarse a lo que el molinero le pedía, ya que era un buen amigo suyo.

«¿Te parecería poco amistoso si te dijera que tengo mucho trabajo?», preguntó con humildad y timidez.

«No imaginé nunca, a fe mía, contestó el molinero, que fuese mucho pedirte, teniendo en cuenta que acabo de regalarte mi carretilla, pero es evidente que lo haré yo mismo si te niegas».

«¡Oh, no, de ninguna manera!, exclamó el pequeño Hans, saltando fuera de su cama».

Se vistió y acudió al granero.

Trabajó allí durante todo el día, hasta el anochecer, y, al ponerse el sol, vino el molinero a ver lo que le había cundido.

«¿Has cubierto el boquete del techo, pequeño Hans?», gritó el molinero, con tono alegre.

«Está casi acabado», respondió Hans, bajando de la escalera.

«¡Bueno!, comentó el molinero. El trabajo más delicioso es aquel que se hace para otro».

«¡Resulta delicioso oírte hablar!, respondió el pequeño Hans, que descansaba secándose el sudor de la frente. Es una delicia, pero me temo que nunca llegaré a tener ideas tan hermosas como las tuyas».

«¡Oh, ya las tendrás!, dijo el molinero; pero tendrás que preocuparte más por ello. Por ahora no posees más que la práctica de la amistad. Algún día llegarás a poseer también la teoría».

«¿Crees eso de veras?», preguntó el pequeño Hans.

«Qué duda cabe, contestó el molinero. Pero ahora que has arreglado el techo, deberías regresar a tu casa a descansar, pues mañana necesito que lleves mis carneros a la montaña».

El pobre Hans no se atrevió a decir nada. Al día siguiente, al amanecer, el molinero le llevó los carneros hasta las cercanías de su casita y Hans se marchó con ellos a la montaña. Entre la ida y la vuelta se le fue el día, y cuando regresó estaba tan cansado, que se durmió en la silla y no se despertó hasta media mañana.

«¡Qué tiempo tan delicioso para mi jardín!, se dijo, y pensaba ponerse a trabajar; pero por un motivo u otro, no tuvo tiempo para ir a echar un vistazo a sus flores; llegaba su amigo el molinero y siempre tenía algún recado lejos a donde enviarle, o le pedía que fuese a ayudarle en el molino. Algunas veces, el pequeño Hans se preocupaba hondamente al pensar que sus flores creerían que las había olvidado; pero se consolaba diciéndose que el molinero era su mejor amigo.

«Además, acostumbraba a pensar, va a darme su carretilla, lo que denota gran desprendimiento».

El pequeño Hans trabajaba para el molinero, y éste continuaba diciendo cosas bellísimas sobre la amistad, cosas que Hans copiaba en su libro verde y que releía por la noche, pues era culto.

Pues bien, una noche ocurrió que, estando el pequeño Hans sentado junto al fuego, sonó un aldabonazo en la puerta.

La noche era muy oscura. El viento soplaba y rugía en torno de la casa de un modo terriblemente alarmante, tanto que Hans pensó, al principio, si no sería un huracán el que sacudía su puerta.

Pero sonó un segundo golpe y luego un tercero más fuerte que los otros.

«Será, seguramente, algún pobre viajero», se dijo el pequeño Hans, corriendo a la puerta.

El molinero estaba en el umbral con una linterna en la mano y un enorme garrote en la otra.

«Querido Hans, dijo el molinero, me aqueja un gran pesar. Mi chico se ha caído de una escalera y está herido. Voy en busca del médico. Pero vive lejos de aquí y la noche es tan mala, que he pensado si podrías ir tú en mi lugar. Ya sabes que te doy mi carretilla. Por eso estaría muy bien que hicieses algo por mí a cambio».

«Desde luego, exclamó el pequeño Hans; me alegra mucho que hayas pensado en venir. Iré enseguida. Pero deberías dejarme la linterna, porque la noche está muy oscura, y temo caerme en alguna zanja».

«Lo siento muchísimo, respondió el molinero, pero es mi linterna nueva y sería una gran pérdida si algo le ocurriese».

«¡Está bien, no hablemos más de ello! Me pasaré sin ella», dijo el pequeño Hans.

Se puso su gran capa de pieles, su gorro rojo que era de mucho abrigo, se enrolló la bufanda alrededor del cuello y salió.

¡Era terrible la tormenta que se estaba desencadenando!

La noche estaba tan oscura, que el pequeño Hans apenas veía, y el viento tan fuerte, que le dificultaba el andar.

No obstante, como él era tan animoso, después de andar durante tres horas casi, llegó a casa del médico y llamó a su puerta.

«¿Quién es?», gritó el doctor, asomando la cabeza por la ventana de su habitación.

«¡Soy el pequeño Hans, doctor!»

«¿Y qué deseas, pequeño Hans?»

«El hijo del molinero se ha caído de una escalera y está herido, y es necesario que vaya usted en seguida».

«¡Muy bien!» replicó el doctor.

Enjaezó en el acto su caballo, se calzó sus grandes botas y, tomando su linterna, bajó la escalera. Se dirigió a casa del molinero, llevando al pequeño Hans a pie, detrás de él.

Pero la tormenta arreció. Llovía a torrentes y el pequeño Hans no podía ver por dónde iba ni seguir al caballo.

Finalmente, perdió el camino, estuvo vagando por el páramo, que era un paraje peligroso lleno de hoyos profundos, se cayó en uno de ellos el pobre Hans, y se ahogó.

A la mañana siguiente, unos pastores encontraron su cuerpo flotando en una gran charca y le llevaron a su casita.

Todo el mundo asistió al entierro del pequeño Hans, porque era muy querido. Y el molinero figuraba en cabeza, en el duelo.

«Yo era su mejor amigo, decía el molinero; justo es que ocupe el lugar de honor.»

Así es que fue en cabeza en el cortejo, con una larga capa negra; de cuando en cuando se enjugaba los ojos con un pañuelo de hierbas.

«El pequeño Hans representa, ciertamente, una gran pérdida para todos nosotros», dijo el hojalatero, una vez terminados los funerales y cuando el acompañamiento estuvo cómodamente sentado en la posada, bebiendo vino dulce y comiendo buenos pasteles.

«Es una gran pérdida, sobre todo para mí, contestó el molinero. A fe mía que fui lo bastante generoso para comprometerme a darle mi carretilla, y ahora no sé qué hacer con ella. Está en mal estado y me estorba en casa, pero si la vendiera no me darían casi nada. Os aseguro que de aquí en adelante no daré nada a nadie. Se pagan siempre las consecuencias de haber sido generoso.»

—Y eso es verdad —replicó la rata de agua, después de una larga pausa.

—¡Bueno! Pues eso es todo —dijo el pardillo.

—¿Y qué hizo el molinero? —preguntó la rata de agua.

—¡Oh! No lo sé con seguridad —contestó el pardillo—, y, en realidad, me da lo mismo.

—Es evidente que su carácter de usted no es nada simpático —dijo la rata de agua.

—Me temo que no ha comprendido usted la moraleja de la historia —replicó el pardillo.

—¿La qué? —gritó la rata de agua.

—La moraleja.

—¿Quiere eso decir que la historia tiene una moraleja?

—¡Claro que sí! —afirmó el pardillo.

—¡Pues vaya! —exclamó la rata, en tono iracundo—. Podía usted haberlo dicho antes de empezar. De ser así, es casi seguro que no le habría escuchado. Le hubiese dicho indudablemente: «¡Psé!», como el crítico. Pero aún estoy a tiempo de hacerlo.

Lanzó su «¡Psé!» a voz en grito y, dando un coletazo, se volvió a su agujero.

—¿Qué opina usted de la rata de agua ? —preguntó la pata, que llegó chapoteando unos momentos después—. Tiene muchas buenas cualidades, pero yo, por mi parte, tengo sentimientos de madre y no puedo ver a un solterón empedernido sin que se me salten las lágrimas.

—Temo haberla molestado —respondió el pardillo—. El hecho es que le he contado una historia que tiene su moraleja.

—¡Ah, pues eso es siempre muy peligroso! —dijo la pata.

—Y yo comparto su opinión, enteramente.

ÍNDICE

CLÁSICOS DE LA LITERATURA